문학과지성 시인선 601

누군가를
이토록 사랑한 적

이병률 시집

문학과지성사

문학과지성사에서 펴낸 이병률의 시집

찬란(2010)
눈사람 여관(2013)
바다는 잘 있습니다(2017)

문학과지성 시인선 601

누군가를 이토록 사랑한 적

초판 1쇄 발행 2024년 4월 24일
초판 12쇄 발행 2024년 12월 23일

지은이   이병률
펴낸이   이광호
주간   이근혜
편집   윤소진 방원경 김필균 이주이 허단 유하은
마케팅   이가은 최지애 허황 남미리 맹정현
제작   강병석
펴낸곳   ㈜문학과지성사
등록번호   제1993-000098호
주소   04034 서울 마포구 잔다리로7길 18(서교동 377-20)
전화   02)338-7224
팩스   02)323-4180(편집) / 02)338-7221(영업)
대표메일   moonji@moonji.com
저작권 문의   copyright@moonji.com
홈페이지   www.moonji.com

ISBN   978-89-320-4272-5 03810

문학과지성 시인선 601

누군가를 이토록 사랑한 적

이병률

시인의 말

　시집 출간 제안을 받고 바로 눈 내리는 곳으로 떠났다
　눈 속에 파묻혀 있었고 돌아올 날이 지나도록 눈 속에 남았다
　그때 와락 스치듯 떠오른 것이 이 시집의 제목이었다
　그와 동시에 눈냄새를 맡았는데 맡는 중이었음에도 눈의 냄
새가 사무치게, 그리웠다

　시는 그런 것
　사랑은 그런 것

　춤을 춰야겠다는 목적을 갖고 춤을 추는 사람과
　자신도 모르게 춤을 추고 있는 사람,
　굳이 밝히자면 내 이 모든 병(病)은 후자에 속한다

2024년 4월
이병률

누군가를 이토록 사랑한 적
차례

1부

어떤 그림

미술관의 두 사람은 각자
이 방과 저 방을 저 방과 이 방을 지키는 일을 했다

사람들에게 그림을 만지지 못하게 하면서
두 사람의 거리는 좁혀졌다
자신들은 서로를 깊게 바라보다
만지고 쓰다듬는 일로 바로 넘어갔다

두 사람은 각자 담당하는 공간이 있었지만
두 사람은 꼭 잡은 손을 놓지 않은 채
나란히 공간을 옮겨 다녔다

그림이 그 두 사람을 졸졸 따라다녔다

두 사람을 그림 안으로 넣겠다고
그림이 두 사람을 따라다녔다

공원 닫는 시간

이 두 사람만 남고
다른 사람들은 각자의 방향으로 흩어졌습니다
이어 두 사람은 같은 길을 갑니다

먼저 누군가 말을 꺼내도 될 것 같은데
아무도 말을 하지 않고
아무도 그 길을 이탈하지 않습니다

이제 막 어떤 모임을 끝내고 나온 두 사람입니다
늘 구성원은 같고
그날그날 차례가 된 리더가 주제를 정하는 모임입니다

손을 깨끗이 씻고 식빵을 뜯어 먹는 모임도 가졌으며

백합을 높게 꽂고 그것을 올려다보는 모임도 있었으며

책의 마지막 문장과 첫 문장을 섞어 붙이거나

막 싹 트기 시작한 새싹들을 보고 아무 이름이나 붙이

는 모임 같은

한데 두 사람은 서로 거슬리거나 맞지 않거나
아예 온도가 다르거나
그러므로 지워내거나 도려내거나
섞어도 섞이지 않을 국면에 대해 생각하는 중일까요

각자 태어난 두 나무가 서로 몸을 끌어 가까워져
담을 만들고 물을 흐르게 하고
서로에게서 솟아난 영감은 서로 엉키고
누구도 그들의 엉킴을 풀지 못하는 것
그것이 인생의 전모라지만

이 갈피를 누가 정해줄 수는 없겠다 싶게
무기력한 밤은 밤과 섞이고
언제 멈출지 모르는 발소리는 발소리와 섞여
마침내 공원 앞에 도착했습니다

공원의 불이 하나둘 꺼지고 있었습니다

명령

내 앞으로의 소망 하나는 길을 자주 잃게 해달라는 것

절대 길을 안 잃어본 사람이라서
길을 잃을 것 같으면 아예 발길을 돌려 되돌아 나오거나
잃은 길을 땅바닥에 회로로 그려본 다음
그 길을 가뿐히 빠져나온다는 것
그러니 그 못된 버릇을 영영 잃게 해달라는 것

내 앞으로의 소망 하나는 자주 죽는 것

망하거나 창피한 일 앞에 매번 죽어 없어져버려
내가 다시 나를 접고 접어 수정하더라도
태어나지 못하게 하는 것
이번 한 번을 끝으로 다시금 생과 교차하지 않게 해달
라는 것

내 이제 앞으로의 소망 하나는

뭔가를 그릇에 담아도 자꾸 새는 것

담으려 할 때마다 마음에 두었던 것을 쏟고
가득 출렁이도록 채울 때마다 암초에 부딪혀
지금이 언제인지를 잊는 것
다시는 생의 낯섦 앞에서 경악하지 않는 것

아주 오래전부터

집을 짓는 데 바람만을 이용했을 것이다

거미가 지은 집이
나무와 나무 사이
가지와 가지 사이
허공과 허공 사이

충분히 납득은 가지만 멀고도 멀며 가늘고도 아주 길다

거미의 권태에 비하면
거미가 가진 독의 양은 놀랄 정도는 아닐 것이다

어떻게 지내고 있을까
몸뚱이의 앞과 뒤를 관통하던 빛 덕분에
몸 안쪽이 훤히 다 들여다보이던 거미가 생각났다

그래서 나는 미안하면서도 미안하지 않게
거미줄에다 덜렁 나를 걸쳐놓고 돌아온 것인데

나는 그네를 타고 있을까

잘 마르고 있을까

거미줄이 없다면 세상은 어떻게 지탱할 것인가

나무와 나무 사이를

건물과 건물 사이를

허공과 허공 사이를

안간힘으로 붙들고 있는 거미줄

언젠가는 알게 될 모두의 것들

사람들은 사랑을 오해할 준비가 되어 있습니다
사랑을 심하게 구부러뜨리거나 질투할 준비가 되어 있
다고요
나는 사랑을 사랑하기 시작했고
개인적입니다

언제나 좋은 맛이 나는 음식을 바라지는 않아요
맛이 없거나 입에 안 맞는 음식이 나올 수도 있다는 가
정하에
사랑과의 잘못은 시작될 것이기 때문입니다

꽃을 떨어뜨린 줄기가 땅을 파고들어 열매를 맺는 것이
땅콩입니다
그것을 줄기로 치느냐 뿌리로 치느냐 관점의 차이는 있
습니다
사랑은 계속해서 내 앞에서 헷갈려 하지만요

사랑이 약속 장소에 나오지 않을 수도 있습니다
난 사랑을 사랑하는 것이고

사랑은 이성적으로 나를 오해하기 때문입니다

하늘로 날아오르는 기러기 떼의 숫자나 세고 돌아와도
되는 것입니다

여름이라는 계절을 그다지 좋아하지는 않지만 싫어합
니다

마술사라는 직업을 그다지 좋아하지는 않지만 싫어합
니다

싫어하는 것에는 없지만

좋아하는 것에 암호가 있다고 오래전부터 뻣뻣하게 믿
어왔습니다

사랑을 감각하지 않는다면

우리는 이번 생의 암호를 풀 수 없을 텐데

어떻게 이러고 삽니까

사랑이 후방에라도 있는 겁니까

종소리

성당에서 종소리가 울려 퍼졌습니다

그 종소리를 듣고 옆 동네 성당에서 종을 치다가
어슷어슷 박자를 맞추니 화음이 되기 시작했습니다
그 종소리를 들은 다른 동네에서도 마찬가지로
커다란 종을 치면서 옆 동네의 종소리를 거듭니다

생각이 났다는 듯 그다음 동네도
그리고 그 종소리가 들리는 옆 동네에서도
그 시간에 종을 치는 동네가 아닌데도 맞춰가면서 종을
치고
거들어 음악이 되게끔 종을 칩니다
점점 한 사람씩 그 소리에 물들더니
우는 사람도 하나둘 퍼지기 시작했습니다

아마 하늘 높이에서 이 소리를 들을 수 있다면
당신이 누구인지 왜 태어났는지를 알게 되는
거대한 이유가 되었을 겁니다

절대 하늘에서 듣지 않는다면
실로 묶인 하나의 음악이 있다는 사실을
영원히 알지 못한 채로 살아갈 거라는 걸
이렇게라도 알립니다

줄

사람들이 줄 서 있길래 서 있었다
어디를 향하는지 무엇 때문인지 몰랐지만 괜찮았다

사람들이 몰려가길래 나도 따라갔다
무엇 때문인지 알 수 없었지만 따라가보는 거였다

번번이 걸작 앞도 아니었고
거대한 계획을 앞세워서도 아니라는데
끼어들어서라도 줄을 섰다

어떤 줄은 점점 다른 줄로 완성되어갔다

그럴 수는 없었지만 돌아오지 않았다
한번 서면 돌아올 수 없는 줄이 되었다
결국에는 아무도 남지 않았지만 혼자 서 있었다

농밀

당신 눈에 빛이 비치기 시작합니다
사랑은 그런 것입니다

당신 눈 속에 반사된 풍경 안에
내 모습도 나타나기 시작했습니다
사랑은 그런 것입니다

세상의 여러 틀이
자발적으로
윤곽을 잡게 되었습니다

별이 바람에 흔들릴 때면
당신 눈동자가 흔들린 거라 믿게 되었습니다

기차표

저녁에 만나 저녁이나 먹자던 사람이
헤어지면서 기차표 한 장을 건네준다

오늘 아침 책장에서 책을 꺼내 읽는데
아주 오래전 사용하고 넣어둔 기차표가 나왔다고 한다

뭐라도 주고 싶었다며
6년 전의 날짜와 먼 나라 독일 도시의 출발지와 목적지
가 적힌 기차표

Von(출발): 드레스덴
Nach(도착): 라이프치히

나도 책갈피로 쓰겠다고 마음을 먹고 기차표를 받아 들
고 나오다
그 표를 어디에 또다시 쓸 수 있을까를 생각하다
괜히 기찻길 차단기 앞에 오래 서서 오지 않는 기차를
바라보다가
더 사랑해야 할 몇몇 얼굴들을 생각하다가

기차표에 적힌 출발일이 내일 하고도 아침일지도 몰라
가로등 가까이로 가서 기차표를 다시 꺼내 보았다

내가 내일 사라져서 영원히 돌아오지 않을 거라는
소문을 만들어야 할지도 모르겠어서
기차표를 꺼내 가로등 불빛에 비춰 보았다

Von: 여기
Nach: 영원

어질어질

눈은 녹아서 벚꽃으로 피고요

벚꽃은 녹아서 강물로 흐르고요

강물은 얼어서 눈으로 맺히고요

눈은 피어 사무치게 벚꽃으로 흩어지고요

말 안 듣는 마음은 엎질러져 쏟아지고요

당신에게 잘하고 싶고요

폭설

붙들고 울고 있다

한없이 서로를 껴안고 울고 있다

놓지 않고 있다

허물어지지 않기 위해 붙들고 서서

함께 허물어지려고 붙들고 있다

두 사람 신발 등이 눈물에 젖고 있다

두 사람이 껴안고 서 있는 자리에

열과 공기가 닿은 것처럼

두 사람을 제외한 곳만 눈이 내려 쌓이고 있다

그런 것처럼

아무것도 되지 않겠다는
사람을 만난다

그의 앞에 폭풍이 닥친 적이 있었을까 생각한다

아무것도 되지 않으려는
대개의 사람들과 닮은 한 사람이어서

기다림을 이용하지 않고
웃음기가 없으며
다음 계절을 고대하지 않는다

그래도 충분하다
그들에게 아무런 무게가 없다는 사실 덕분에
그사이 지구는 가뿐하게 한 번 자리를 바꿀 것이고

그런 것처럼
언제나의 새벽과 하나 다를 것 없이
미량의 사랑은 솟구칠 것이며

사랑은 몇 발자국을 제힘으로 걸어서

저마다의 고독 속으로 미미하게 연결될 것이다

오늘의 가능성

아침에 물을 받아 몸을 담근 것은 흔치 않은 일입니다
비누의 미끄러지는 속도와
그 비누가 바닥에 떨어지는 속도를 지켜봤습니다

제힘으로 펼치고 닫는 것들이 있습니다
매달아놓은 휴지가 저 혼자 힘으로 풀려버리거나
가만히 있던 돌이 구르기 시작하죠

목욕하는 동안의 고독은 잠시였으며
오전 내내 내려가지도 올라가지도 않는
점퍼의 지퍼와 씨름했답니다

열어놓은 창문 앞에는
하나 남은 사과가 있습니다

친구에게 빌린 차 뒷자리에는
1미터쯤 되는 선물 포장지가 말려 있고요

오늘을 오래 기다렸다는 말을 들었습니다

내가 잘못 들은 말인지도요

어디쯤 오고 있나요
나는 조금 일찍 도착할 것 같습니다

2부

누군가를 이토록 사랑한 적

누군가를 이토록 사랑한 적
시들어 죽어가는 식물 앞에서 주책맞게도 배고파한 적
기차역에서 울어본 적
이 감정은 병이어서 조롱받는다 하더라도
그게 무슨 대수인가 싶었던 적
매일매일 햇살이 짧고 당신이 부족했던 적
이렇게 어디까지 좋아도 될까 싶어 자격을 떠올렸던 적
한 사람을 모방하고 열렬히 동의했던 적
나를 무엇을 해야 할지 모르게 만들고
내가 달라질 수 있다는 믿음조차 상실한 적
마침내 당신과 떠나간 그곳에 먼저 도착해 있을
영원을 붙잡았던 적

청춘에게

그러곤 길을 잃게 될 것이다
가방에는 별로 든 것이 없을 것이므로
가방 바퀴 따윈 사용하지 않을 것이다
여행자만 모르는 사실이겠지만
여행에선 내가 손님일 것이다

자연스럽게 경계가 지워진 며칠 동안의 시간대
단풍의 속도로 덮쳐 오는 우울
무능한 행복의 개념과 상관없는 안전지대에서는
뛰지 않아도 된다는 사실조차도 잊고 있을 것이다

체온을 유지할수록 풍요로울 수 있다
아무도 보지 않지만 나에 대한 배려가 있으려면
혼자만의 춤을 추는 게 나을 것이다

그러다 낮인데도 불이 켜져 있고 문은 걸어 잠그지 않은,
아무것도 진열되지 않은 가게에 도착할 것이다
그래도 돌아가는 냉장고, 냉장고 문을 활짝 열어 분위
기를 바꾸고 싶다면 그래도 될 것이다

무엇에 가까워지려 애쓰는 사람들 뒤로 한참 물러서려다가
　발을 헛디뎌 느긋한 공기를 만난 그날 이후여야만 여행의 자격은 부여된다

　그래도 여행자로 살 것이라면 계속해서 잃어야만 한다
　이길 것도 이길 일도 없는 길 위로 다시 나서서는 구질구질해도 된다

　모두 다 끝났다는데도 끝까지 괄호를 밀고 가는 이는 나뿐일 것이며
　그래서라도 마음을 얽어맬 상대는 거기에 없다는 것이다

　기분이 썩 나쁘지 않게 그리고
　앞뒤가 맞지 않는 인생을 지내기 위해
　다시 길을 잃은 다음
　돌아오지 않는다면 인생이 명백해질 것이다
　이것 이외의 길은 없을 거라는 단호함으로

시계를 풀어 흔들어줘

시계를 흔들면 내가 보이지 않을 거야
마음대로 나는 길을 갈 것이고
이제껏 맞아보지 않은 아침을 맞겠지

나뭇가지에 시계를 걸어서라도
시계를 흔들어줘
그러면 살아 있는 모든 것은 공기와 공기 사이 빈틈으
로 들어가 서서히 멈출 거야
수만 개의 솜털까지 멈출 거야

시간 없이 살 수 없었던 지금까지쯤이야
없었던 일로 화해해줄게

나에게 힘이 남아 있다면 목걸이를 벗어 흔들게
목걸이의 추를 허전히 바라보다 너는 굳을 테고
이제껏 내가 침묵했던 힘으로 너를 대할 테니
긴 솔로 거미줄을 털어내는 형식으로
다정하고 다정할게

시계를 흔들어줘

내가 이 잠에 들면
그대여 멀찌감치 물러나 있어줘

나는 잠들지만 너는 멀리서
나에게 하지 못한 말들을 챙긴 다음
구름을 벗어나줘

나는 나를 이제 아주 서서히 알아차렸으니

잠 속으로 들어가
차마 행하지 못한 죄들을 마저 저지를 것

침묵은 갈아서 흘려보내고
몸만 잠든 채로
몸만 보낼 테니

그러니 내가 잠들면 많은 이야기를 해줘
아무것도 남기지 않고 다 이야기하겠다고 말해줘

사랑

나는 왜 누구의 말은 괜찮은데
누구의 말에는 죽을 것 같은가

누구는 나를 만지면 안 되는데
누구는 나를 만져도 되는가

누구는 거칠게 다가와서 힘이 드는데
누구는 거친 것 뒤에 표정을 감추는 것 같은가

나는 누구의 총알이라면 기꺼이 맞고
누구의 총알이라면 피하고 싶은가

나는 누구의 이빨이라면 물려 죽어도 괜찮고
누구의 이빨에 씹혀 죽으면 억울할 것 같은지

나는 너의 눈을 찌를 것인가
네가 나의 눈을 찌를 것인가

내 몫까지의 용기와 순서를 맡기겠다

사랑

내디딜 발 하나가 없거나
끌어당길 손 하나가 없어도

두 발이 다 없거나
두 손마저 다 없어도

도무지 전부가 마비되고 없다 해도

그리하여 마디마디 접붙일 것이 없기에
다글다글 원하는 것이 없다 해도

사람 귤(橘)

크기는 주먹만 하고
가을이면 밀도로 늘어진다

향은 모란만 못하나 짙음은 빠지지 않고
자주 익고 익은 뒤에는 창자를 맺는다

껍질을 오므리면서 둥지를 매단다
단지 자주 고개를 숙일 뿐
외부와 흩어지지 않으려 하고
스스로를 가지에 묶기를 즐긴다

그저 묵묵히 표정이나 남기려는 것이겠지만
한 해 수백이 넘는 결실을 웃돌아
웬만한 기둥으로는 집을 받칠 방법이 없다

서로 얽히기 좋아하고
또 그럴 때면 과액을 흘리며 어떻게든 번지려 한다

한 몸으로는 아무 일 없는 유월에 꽃이나 피우기를 바

라며
  또 한 몸으로는 된서리를 즐기면서
  그 모두를 황금으로 맺어야 하는 혼자

  그래서 나는 그 겨울 수천수만의 귤이 되었다

집을 봐드립니다

집을 봐드립니다
허름한 집
식물이 많은 집
길게 머물지 않는 집

내가 살려는 것도 있어서예요

이 집의 미래를 봐드립니다
어쩌면 삐걱거리거나 어차피 절룩절룩할지도 모를 집
고양이가 지킬 빈집
고요히 먼지가 내려앉을 집

아우성치고 울부짖는 세계가 오고 있습니다

물기가 사라져 건조함마저도 부서져 없어질 집
집을 지키려는 흉내를 내는 것이 아니라
집의 일부가 되려는 것입니다

유통기한 지난 음식들을 냉장고에서 찾아내

걸식을 하려는 나는 어떤가요
집을 안고 있으면 집은 온기로 금세 데워질 겁니다
집에 무슨 일이 일어나게 해야 해요

집은 누군가에 의해 이해받아야만 하죠
누구나 집에 들어갈 땐 똑같은 생각을 해요
집에 무엇이 있고 무엇이 있음에도 찾을 수 없음에 관
해서도
인터뷰하는 일이 나의 일이 될 것입니다

열쇠를 하나 만들어주세요
중요한 장소로서의 매력을 지키는 일을 고민하겠습니다
우리에게 필요한 것은 불빛이니까요

원했던 바다

너는 해 질 녘의 바다를 바라보고 서 있다
어두운 데서 너는 별을 기다리는 것이 아니라
아슬아슬한 면과 각에 치중하려는 것을 알고 있다

너는 조수에 떠밀려 와 쌓이는 것들을 바라보다가
가뜩이나 한심한 것들은 너의 안에 많고 많다 싶어
바다의 위치를 위쪽으로 조금 옮겼다

화산도 가슴을 찢고 부르짖을 때만 화산인 것 같아서
매일 소리를 지르러 강에 간 적도 있었다
강에서 올려다본 날개를 펼친 바닷새의 모습에 홀려 따
라갔다가
바다가 멀지 않은 곳에 있다는 사실을 안 것이다
그전에는 연못 앞에 서 있었을 것이다

네가 다시 태어난다면,이라는 가정을 바다가 끄집어내
게 하여서
너는 그 맛을 보러 그 시간 바다에 간다
오늘 버린 것들이 곧바로 떠밀려 오는 바다에 가서

감당하지 못하는 것들은 아무도 모르게 바다에 버려진
다고,

그것이 지문을 남기지 않으려는 본능 때문일 거라고 너
는 생각한다

낮달

감 하나 서리한 날이었다
고속버스를 타고 돌아오는 길에
버스가 급정거하면서 덜컹하는 바람에
서리한 감이 앞으로 또르르 굴러갔다

어느 정도는 뒷자리여서
또 사람들이 많이 타기도 해서
나를 신경 쓰지 않겠다 싶었지만
신경이 쓰이는 건 어쩔 수 없었다

가방이 기울어지면서 바닥에 떨어진 감을 봤는지
빈 내 옆자리 건너편에 앉아 있던
한 어르신이 더 신경을 쓰는 듯했다

감도 여행을 하는 중인 거야

나는 눈을 감고 그런 생각을 하다가 졸았다
버스가 도착하는 것 같아 눈을 뜨려는데
옆 옆 자리의 어르신이 손을 뻗어 나를 툭 치더니 가리

키는 게 있었으니

　발밑에는 가만히 돌아와 멈춰 선
　감이 나를 올려다보고 있었다

한 달

내 손톱을 단 한 번 잘라준 당신이 며칠 만에 떠나고

그다음 손톱을 깎을 때는 아무렇지 않았는데

다시 그다음 손톱을 깎아야 할 때

손톱은 당신이 잘라준 다음에도 왜 자라는 것이야

자라는 것까진 좋은데 왜 그걸 또 잘라내야 하는 것이야

무엇이 스쳐 지나간 것이 맞다면 그 무엇이 스쳐 지나
간 것인지

나만 많이 가졌으니 나에게만 여전히 남은 것인지

한 달이 지났다는 사실을 알리기라도 하려는 듯

막을 수 없이 치솟는 손톱달

꼬리

네발 달린 짐승에게
꼬리가 있는 이유는

좋은 풍경 앞에서
다리 네 개를 잠시 접고
꼬리라도 깔고 앉아 풍경이라도 보라는 이유

네발 있는 동물에게
꼬리가 달린 이유는

다급히 기다리는 것이 있을 때
날개 삼아 꼬리를 펼쳐놓고
기다림을 기다리라는 이유

양지바른 자리에
천 리를 깔고 앉아
만 리를 기다리는 운명을 명심하라는 이유

바람과 봉지

바람 부는 날을 제일 좋아하는 건 봉지

안에 아무것도 들어 있지 않은 봉지
날릴 대로 날리다
곤두박질할 대로 하다가
까르르 웃다가
첨벙첨벙 흐느껴 울기도 해

무작위로 부딪히며
깃털도 모으고 씨앗도 받고
또 그것들을 질질 흘리기도 해

아무것도 아닌 것만이 진짜로 완벽하지

나는 압니다

"나는 당신을 압니다. 누군지 알고 있습니다."

흰 종이 위에 또박또박 글씨를 써서 보여준 사람은
내가 그 문장을 눈으로 따라 읽자
순간 종이를 구겨 입에다 넣더니 씹었다

종이는 그의 입안에서
찢기고 잉크가 번지고 이빨 자국을 낼 것이다

그리고 어떻게 그가 종이를 삼켰다

그가 알고 있는 나는 누구이며
그 사실이 다소 확정적이라는 것과
그 모든 것이 그에게 알약처럼 소화되었다는 것

얼떨결에 살아 있다는 것에 대해 생각했다

그가 알고 있다는 것은 어쩌면
그가 원하는 나일 것이다

그러나 그럴 것도 없이 이미 나는 없다

이 세계 끝에 분명 무엇이 있을 거라 믿기에
그가 알고 있는 것으로부터 악의적으로라도 어긋나고
싶다
그렇지 않으면 적은 분량이 드러날 것이며
수고스럽게도 그가 더 알겠다며 나설지도 모른다

진작 가리려 했으나
더 숨기지도 못하겠다

"나는 압니다. 내가 누군지 모르고 있다는 걸 압니다."
나는 내가 이렇게 쓴 종이를 입에 넣고 씹을 재주조차
없다는 것을 안다

저울 끝에다
이 세계의 끝에 무엇이 있을지 찾아야 할 의무가 있어
서 의무를 올려놓고

나를 한끝에 매달아놓고

　줄이 끊어질 때까지 기다렸다

　끝내 줄이 끊어지더라도 더 끊어질 것이 있는지 기다려
봐야 했다

　안 그래도 그즈음 며칠은

　이미 죽어 있는 세상에 와 있다는 것에 대해 생각했다

상실의 배

배를 탄 사람들은 아무 말도 하지 않았다
배를 모는 사람도 마찬가지였으며
서로 눈을 마주치지 않았다

어디로 향하는지는 모르지만
사실인 것은 모두가 실연당한 사람들이라는 것

액자를 받으러 가는 길이다
틀 말고는 액자에 아무것도 들어 있지 않다

틀 속에 뭐든 넣으면
모든 것이 그대로 얼어버리고 마는 액자 하나

아픈 일을 담지 않아도 그대로 아픔이 되는
빈 액자를 실으러 가는 배는
하루 한 번 정오에 운하 앞에서 출발한다

무엇을 담을지 모르며
어쩌면 쳐다보고 바라보는 것만으로 충분한

빈 액자 하나 받으려고 한다
그 배가 돌아오지 않았으면 하고 바라며
이 모든 것의 막을 내렸으면 하는 이도 있으나
당분간은 그 모두를 액자에다 걸어두려고 그런다

하지만 액자를 받으러 간 사람들은 놀라고 만다
습지에 빈 액자가 산더미처럼 쌓여 있어서
여기다 액자를 버리러 온 사람도 있다는 사실을 알게
되어서
그리고 누군가 버렸던 액자를 주우러 온 것임을 알게도
되어서

그런 이유로 모두의 집에는
오래 액자가 걸린 자리에 사각의 자국이 남겨져 있다

오래 만났다는 사실만으로
사이를 유지할 수는 없다

처음엔 악의를 품고 친구의 뒤를 따랐다
신나게 걷는 친구의 걸음걸이만으로
미행을 하는 기분도 충분했다

친구는 어느 집으로 들어갔다
정확히는 식당이었는데 안에서 문을 잠갔다
들어간 뒤 실내의 불을 모두 켜는 바람에
나는 창문을 사이에 두고 바깥에 선 채로 숨을 죽였다
그는 안쪽으로 들어가 요리를 하기 시작했다

뭘 만드는지는 몰랐으나 열중이었다
시간이 지나고 나는 보았다
그는 자신이 만든 요리를 입에 가져다 대지도 않고
곧바로 쓰레기통에 버렸다
쏟아 버린 것이다

친구는 진영 밖으로 나왔다
다시 그를 따라가기 시작했다
내 그림자가 그를 앞지른 것일까

그가 몸을 획 돌려 멈춰 서더니 나를 놀래켰다
언제부터 미행한 사실을 알아차린 걸까
오랜 우정이 쌓였다고 할 수 없는 살기의 주먹이 날아
들었다

내가 그의 주먹을 막아내자 그가 한마디 하려던 것을
참는 것 같았다

세 사람이 사랑할 수 없다면
두 사람이라도 사랑하게 남겨두어야 하는데
내가 이런다

너의 비밀과 나의 사랑은 연장선상에 있다
그것이다

뭐든 풀려는 내 마음이 있어 그래도 다행이지 않으냐고
말하려다
갑자기 이 모든 걸 그만둘 수 없을 것 같다고 말하려다
폭설처럼 친구를 안았다

완독회

시집『누군가를 이토록 사랑한 적』한 권을 돌려 가며
낭독하는 데 드는 세 시간 남짓

늦은 밤 뒤풀이에 참석한다
짧게 서로를 붙잡을 것이다

내가 쓴 시를 읽고 시 쓰기를 그만두려 한 적이 있었다
나에게 희망을 걸고 있다는 점에서

오늘은 건배하기를 좋아하는 사람도 저기 앉아 있다
   내가 술잔을 들 때마다 과속으로 달려오는 술잔을 멀리
보내고 싶었지만 위선을 섞어 말한다
   "이 지구에 사는 모든 사람들과 스치고 싶어요. 그럴 수
있다면요."

조류(潮流)처럼 취기가 도착한다
   "힘겨운 시절은 누가 막을까요?"
   구석에서 시적인 얼굴이 되어 자기가 말하고 자기가 끄
덕이는 사람

찬 소주를 앞에 놓고 대개의 우리가 반복하는 일이란
소매를 접고 접어도 별반 뒤집어지지 않는 질문 같은
것일지도

시 한 편씩을 돌아가며 읽는 낭독회를 마쳤지만 그래봤자
매번 그것으로 어제의 기분을 누르며 살려는 것

모두가 밤을 헤엄치는 기분에 빠져 있다
나만 혼자 바람 속을 달리고 있는 기분이 드는 것은
그곳으로부터 모두를 꺼내야겠다는 마음을 조금 섞고
싶어서겠다

과녁

사랑이 끝나고 나면
쓰레기 같은 인간과 사랑을 했구나 하고 화들짝 놀란다

그게 몇 번이었다

사랑을 하면 할수록
쓰레기보다 더한 쓰레기가 되어가는 나에게
눈발이 거세게 퍼붓고
밤하늘의 별들이 그 자리를 덮어도
쓰레기는 쓰레기로 쌓인다는 사실이
무섭고도 단조롭게 잊혀만 갔다

인생을 끼웠던 바늘들이 녹이 슬어 쌓인다는 사실도 모
르고 산다
아름다움을 향해 당겼던 화살들을 꽂지 못하고
거기 흩어져 있음을 모른 채 산다

사랑이 끝나면
말수가 줄어드는 게 아니라

다른 언어를 쓰는 사람이 되어 미쳐 다닌다

내가 한 사랑이 겨우 그랬나 싶어 화들짝 놀라 뒤로 물러난 것이 몇 번이었나

몸에게

하루 한 시간 의무나 형벌처럼
눈을 감고 걸어야 한다면

뒤로 걷는 일은 없을 것이며

누구를 미행하더라도 놓치기 쉬울 것이며
나처럼 눈을 감고 걸어야 하는
사람을 만나는 일도 없을 것이며

하루 한 시간 어떤 절대처럼
나무로 서 있어야 한다면

그렇게 서 있는 나를 뚫어지도록 비추는 빛에
그대로 긁힐 것이며

다리가 하나뿐인 나와 마주칠 것이며
내가 나에게 말문을 열어 비로소 인사할 것이므로

하루 꼭 한 번

온몸에 할 말이 남아 있지 않게
속을 발라낼 수 있다면

흙냄새

무덤이 하나 생겼다
하루아침의 일이었다
사람들은 그 안에 누군가 묻혔을 거라 생각했다

그 땅의 주인은 없다고 알고 있었으나
무덤이 생긴 걸 보면
주인이 생겼는지도 모른다고 주변 사람들은 수군댔다

풀이 자라고 세월이 흘렀다
그 안에 아무것도 묻히지 않았다고 말하는 사람이 나타
났다
흙을 퍼다 날라 둥글게 봉분을 만든 장본인이었다
그 안에 가둬두고 싶은 사람이 있었다고 했다

그 말을 들은 사람들은 가두고 싶은 사람 하나씩을 떠올
렸다

이윽고 모두가 달려들어 무덤을 파헤치기 시작했다
구덩이 하나가 생겼다

그 안의 사정이 얼마나 나쁜지 어떤지 누워봐도 되느냐
고 누군가 물었다
  대답을 들으려 한 것 같지 않은 질문이었다
  사람들은 한 사람씩 돌아가며 구덩이에 누웠다가 나왔다

  죽음의 마지막에는 전기(電氣)조차 끊기는 거라고
  누군가 구덩이에서 기어 나오면서 중얼거렸다
  더는 유령을 세상에 남기지 않기 위해
  흙에 잘 묻어야 한다고도 누군가는 말했다

  흙냄새가 간절해지는 날이 오겠지
  인생의 부피만큼을 파낸 방으로 들어가
  일생에 단 한 번
  자신을 만날 수 있을 거라고 기대하면서 그때는 진짜로
눕겠지

  흙을 떨어내며 나도 중얼거렸다

장미 나무 그늘 아래

갑자기 여자가 남자를 껴안았다
남자는 흐느끼기 시작했다
여자는 혼자 생각했다

이 사람에게 무슨 일이 있구나

여자 품으로 남자가 파고들었다
남자는 곧 흐느껴 울기 시작했다
남자는 가만히 생각을 했다

나에게 무슨 일이 생긴 것인가

물든 잎

32일까지는 고백을 해야 합니다

그래야 다음 별로 이동할 수 있습니다

세상 모든 첫사랑은 그 사람 때문에 이뤄지지 않는답
니다

그때도 나중에도 자책은 마십시오

3부

킬리만자로의 눈

2008년 6월 6일 월요일 자 뉴스에서 보았는지 날짜와
함께
2015년 아프리카 킬리만자로를 덮고 있는 만년설이 거
의 사라질 거라고
한 달에 3백 세제곱미터씩 녹는 중이라고 적었다

다시 2018년 10월 19일에는
2040년이 되면 아프리카 킬리만자로의 만년설이 완전
히 사라질 거라는 기사를 적어두었다

왜 이 기사들을 각기 다른 노트에 적어놓았을까

나는 어디를 갈 수 있을까요
라고 적어야 할 문장의 대신이었을까

우리는 누구나 바다로 간다 하지만

선생은 작업실에서 만나자고 했다
작업실 위에 다락방이 있다고 말했지만
괜히 그러는 것 같았다

누군가 다녀간 지 얼마 되지 않은 그곳의
창문 틈새로 앞사람의 냄새가 옅어지고 있었다
물감 냄새는 그대로였다

한 사람의 흔적 같은 것은
시간이 지나도 남게 되어 있다
그것이 직감들로부터 바스러지는 가루일지라도

내가 알고 있을 법한 사람이 방문했는지
그 사람의 냄새가 머물다가 사라지고 있다
울고 싶어지는 것을 간신히 참은 것은
그 한 사람의 냄새와 선생의 냄새가 겹쳐지고 있어서
였다

이제 선생은 세상과 헤어지기 위해

한 사람씩 불러 모아 그림을 나눠 주려고 한다
그 명단 안에는 내가 아는 사람도 섞여 있을 것이며
그가 추종했으나 만날 수 없었던 이름도 끼어 있을 것
이다

누추하고 비루한 흥분은 몸에 거느리지 않았으나
욕망만큼은 꺼뜨린 적 없던 선생은
태풍이 필요한 사람이었다
많은 수고로 늘 등짝이 축축했던 사람이기도 했다

예상대로 다락방은 보여주지 않았다

이제부터 선생은 희박한 쪽으로 흘러갈 것이다
나 또한 그때가 오면 그럴 것이고
별개의 시간만 남겨놓을 것이다

마당에는 잔디 사이사이 다른 풀들이 어울려 자랐다
먼 산 위의 녹지 않은 눈이 어느 정도의 빛을 반사해
작업실 창문 앞 너른 데를 지키고 있었다

어떻게 태어났으며 어떻게 이곳까지 왔는지를 모르는
우리들이 어떻게 이별이라는 것을 할 수 있을까
　결국엔 누구나 흘러 바다로 간다 하지만
　바다가 끝인 것은 아니겠지

어떻게도 떨쳐낼 수 없이
모두가 그 사이 중간에 있다

제1원소인 물과 제2원소인 불을 합치기 위해서는
섞이지 않는 것들이 있어요
둘 사이를 뭔가가 통과하고 나서야 떼어낼 수 있는 것
처럼요

파리에서는 1차선과 2차선 사이로만
응급차가 통과할 수 있어요
그 차선을 이용하는 사람들은
응급차가 올 수 있다는 사실을 철저히 염두에 두어야
하고
그 사이로 영혼이 내달린다고도 생각한답니다

우리가 부둥켜안고 절벽으로 떨어질 때도
1번 길과 2번 길 사이로 떨어질 수 있음을 생각해야 해요

식사를 주문할 때도 1번과 2번 중간의 것이
가능하다는 사실을 받아들여야 하고요
그러니까 1번과 2번 사이에는 감각이 녹아 있어요

생은 여럿을 이어 붙이고 밀어 붙이며 살아야 하는 것
이겠지만
죽음은 하룻밤의 일인 것을,
전자가 1이라면 후자가 2일 수도 있음을 이제 알겠습니다

우리는 죽어서도 자신들의 할 일을 할 테죠
1과 2의 간극을 극복하는 것이
살아 있는 범위 내에서의 전쟁이었으니까요

1을 달라고 부탁하면 언제든 선심 쓰듯 2를 내미는 일
그것이 살아 있음으로 하여 줄어들고 있거나 새고 있는
것들을
엄연히 증명하는 일

대체 누가 1과 2를 잘라내 따로 매달아둔 걸까요

밤에는 세상 모든 것이 균등해야 하고
그래야 하루라는 서랍이 닫힌다면
머릿속 모자를 벗을지도 생각해야 합니다

모자를 벗어 걸어두는 일

그것은 아마도 1과 2 사이에 해당되는 일일 겁니다

이면지 뭉치

이면지가 가득한 자루를 끌고 가는 사람을 보고
관을 끌고 간다고 느끼는 사람과
사랑을 끌고 간다고 생각하는 사람과

그 자루를 따라가고 싶다는 사람과
그것이 이면지 뭉치라는 걸 모르는 사람 등등

종이들을 모아 힘겹게 끌고 가는 사람을 보고
그 위에다 자신을 태워
어딘가로 보내지고 싶어
그럴 거라는 사람이라고만 봐선 안 됩니다

편지 쓰다가 망쳤다고 그냥 버리지 마세요
그걸 주워다 모아서 매트리스로 쓰는 사람이 있다고요
절대로 돌려주지 않는다는 면에서 참 고약합니다

그렇다면 저기 끌고 가는 저것은 매트리스입니까

그것이 비록 매트리스처럼 보인다고 하더라도

그 안에 가득 들어 있는 것은 우리가 상상할 수 없는
다른 무엇일지도 모릅니다
어쩌면 사연을
아니면 뭔가를 닦아낸 것일지도 모른다고요

종이의 다른 한 면에는
악력이 지나간 흔적, 고요 혹은 정열 따위
고스란히 밴 채
일제히 모두가 남겨집니다

그러니 한 사람의 뒷모습에다
아무것도 적으려 하지 마세요

우산의 탄생

내 시를 들어봐주시겠습니까
시인이 길 가는 사람들을 잡는다

시가 인쇄된 종이를 손에 들고
군데군데 번진 글자를 들고
햇빛이 들면 그것으로 이마를 가리기도 하면서

시인은 나비처럼 사람들 어깨에 내려앉거나
춤을 추듯 사람들 발을 건다

길을 가다 방지 턱을 넘듯 덜컹하면서
시를 읽어주려는 시인에게 기꺼이 잡히는 사람들

나는 시를 이렇게 썼어요
이 시를 당신에게 주고 싶은데 사주겠어요?

시를 다 듣고 시인을 한번 안아주던 청년이
생각난 듯이 지갑을 열어 지폐를 건네고 떠나는데

그때 마침 소나기 내린다
한 손으로 우산을 들면서
젖을까 걱정되었는지 들고 있던 시 한 장을
머리 위로 올리고 걷는 청년은

우산 속에 또 하나의 우산을 쓰고는 어딜 간다

경력서

생선 가시를 발라 움푹한 접시 주변에 기대 놓는다

살이 발린 가시는 '시'라는 글자가 되어 침착하게 서 있다

저 가시가 목으로 넘어가지 않고

접시에 옮기다 흘리지 않고

저렇게 시로 버티고 있는 것이 대견하다

어느 날 나는 뭔가에 물렸던 것이다

그 뭔가는 철저히 시였고

시는 독을 흘리는 이빨인 채로 박혀

지금까지 빠지지 않는 것이고

이로써 내 경력은

뭔가를 잡으려

강물에 손을 깊이 넣고 있었던 것

어린 시인에게

흐르게 하세요
이 맑음을
이 골짜기를

흩날리세요
이 위엄으로
이 절대로

맺히게 하세요
봉오리를
열매를

누구든 마시게 하세요
바람을
또 바다를

그러면 존재들은 날개를 내려놓고
불을 피우고 돌멩이들을 구울 테니

언어로 배불러 언어를 낳으세요

발의 신음이 들리는 쪽으로 몸을 돌려

화살이 되지 말고 활이 되세요

멀리서 한국어를 배우려는 당신에게

글자를 배우려는 당신은 아름답습니다
당신은 어딘가로 가려 하는군요

'물'이라는 말과 '문'이라는 말을 배워요

'다음'이라는 말을 아끼고
'내일'이라는 말을 자주 사용하세요

언어는 행복을 구체적이게 해주네요
그 힘으로 사람들을 만나
처음 웃음을 배운 사람처럼 당신은 웃어 보이겠지요

수줍고 온화한 사람들을 마주칠 기회들이
낚싯줄에 딸려 올라올 거예요

전할 수 없는 말들은 숨으로 가둘 수 있습니다

'비를 맞지 말고 눈을 맞으세요'라는 문장과
'꿈이 뭐예요?'라는 말은

자나 깨나 외워두시고요
'이상하다'라는 말이 꼭 그렇게
안 좋은 말이 아니라는 것도 염두에 두세요
마음하고 다르게 튀어나오는 말이기도 하답니다

위험에 빠진 공사장 고양이 한 마리를
포클레인으로 살살 들어 구해내듯이

부디 새벽 바다에 내려 녹는 눈발같이
한국어를 배워주십시오

내가 죽어 누워 있을 때

어느 누가 작곡한 음악은
다른 사람이 작곡한 것으로 수백 년 동안 알려지다
나중에야 누구의 작품인지 밝혀졌다지

또 어떤 작곡가는 자신이 작곡한 곡을
타인의 곡으로 알리고는 그 이유를
세상의 평가가 두려워서라고 했다지

어느 작가는 세상이 자신을 바라보질 않자
다른 이름으로 책을 내고 나서야
세상의 주목을 받았다지만

내가 한 일은 가만히 그곳에
손이 지나가고 바람이 지나가는 게 다인 것처럼
거기 그대로

그것은 그대로 이름도 달지 않아서 영원인 것이고
그것이야말로 단 한 번뿐인 제대로이며 제자리인 것이고

겹으로 두 세계를 살게 되더라도
그 둘의 전부를 가질 수는 없는 것이고
가져봤자 고작 무심하거나 은밀한 밑줄 하나 물려받는
것이고

오늘 비가 내린 뒤
풀은 서서히 마르고 있다

원래부터 지금까지도 마르는 중이고

태어날 때 흘린 눈물은
지금까지도 마르고 있는 중이다

한쪽 날개와 반대쪽 날개

꽃들이 피었다

그해 꽃들은 순서 없이 마지막이라는 듯이 일제히 피어
났다

꽃들의 만발이 무서운 것은 처음이었다

(중국에서였다 지인의 아파트에 방문한 당신은 아파트가
봉쇄되어 빠져나오질 못했다 중앙 출입구 밖에서 걸어 잠갔
다 잠시 들어갔다가 오래 빠져나오지 못했다 무엇을 할 수
있을까 봉쇄되는 구역이 물 붇듯 늘어나고 있었다)

그러고도 세계는 한참을 돌아갔다

창문을 여는 것과 창문을 닫는 것의 차이를 가르치려
드는 세계였다

(그날 밤 중국 아닌 한국에서 봉쇄당하는 꿈을 꾸었는데
누군가 아파트 계단을 따라 올라가고 내려가고를 한없이 반
복하는 소리를 공포스럽게 들었던 것이고 그때 마침 나를 더
옥죄었던 것은 내 세계를 봉쇄당한다면,이라는 가정이었다)

사랑이 끝나가듯 과도하게 윤이 나던 생활들이 끝나가고 있었다

그게 아니면 안 될 것 같은 감정들은 기를 쓰고 녹아 흘러내렸다

참 무더운 여름이었는데 그 무더움만으로 모두 무섭게 위축되었다

(아이슬란드 작은 마을에 갔을 때는 막 전염병이 전 지구에 퍼지기 시작할 무렵이었는데 당신이 수영장에서 수영을 하고 나오자 곧바로 오염되었다는 이유로 수영장이 봉쇄되는 일이 있었다 수영장을 사용하던 옆 학교 아이들의 체육 수업은 취소되었고 마을 사람들이 수군거리기 시작했다)

당신이 흘린 입김은 나에게 병을 주었다

그것은 무엇이었고 하필 당신이었을까

그것도 모르면서 아프고 침이 마르고 한쪽 날개와 반대쪽 날개가 묘하게 부딪쳤다

역시나 계단을 오르락내리락하는 사람들 발소리

초인종 소리와 아무도 문을 열지 않는 정적
종말을 연습하는 최소한의 중얼거림
맥락 없이 전파로 돌아다니는 줄거리와
소통이 안 되어 찾아가지 않는 상자와 엉킨 주소들이
중단되었다

(신은 눈물을 다 쏟아내라고 했다 신은 이 기간 동안 하지
못하고 참은 말들과 과거의 몹쓸 말들을 다 씻어내라고 시켰
다 물론 당신이 알아서 그렇게 했다 신과는 상관없었다)

깊은 밤 소리를 들었다
빗소리 속에 섞여 들리는 사이렌 소리와 봉쇄해도 되겠
습니까,라는 말씀을
그리고 지진을 느꼈다

이후 사람들은 어떻게 왜 그렇게 되었는지 모르게 직선
적인 감기에 걸렸다
된통 걸려도 좀처럼 초기화되지 않았다

이후 전염병보다 더 아프고 더 질기고도 끝나지 않는
이 감기를

　사람들은 무심히 공기 치료라고 부르기로 했다

배역에 대한 고민

자신의 블로그에 올린 글을 그대로 베껴
시집 『눈사람 여관』을 출간했다고 주장하는 여자는 오늘도
전화를 걸어 빤한 악다구니를 늘어놓는다

(수신된 여자의 전화번호는 매일 바뀌다시피 했는데 언젠가부터는 온종일 공중전화로 욕을 하도 해대서 나는 시간을 끌고는 경찰에게 걸려오는 번호의 공중전화박스로 가봐달라고 했다 경찰은 다른 공중전화박스로 가서 근무를 서는 바람에 허탕을 쳤다고 보고했다)

그러려니 나는 내 일을 한다
일을 할 때만 약하지 않다

"이제는 당신을 그만 만나야 되겠어요."
내가 한 번도 만난 적 없는 여자는
나를 향한 SNS의 욕설들을 지웠다, 썼다, 공중에 자신을 매달고 곡예 중이다

(한때 여러 모텔을 전전하며 모든 기물을 부수고 번번이 거울에 내 연락처를 적어놨으며 어느 행사장에는 나를 죽이겠다고 찾아왔으나 흉기를 지참하지 않았다는 이유로 귀가 조치 되었다)

　그러려니 나는 난자당한다
　나는 나에게로 사정없이 향하면 된다

　(내가 나를 욕하고 죽이고 싶을 때 내가 나를 들어 올리면 되는 건가 하고 생각을 하게 된 것은 스토킹을 겪고 난 다음의 일이다)

　스토커는 자신이 어디에 있었고 그곳에서 무엇을 했고 무슨 일로 나에게 화가 났는지에 대해 전화로 소상히 알려온다
　내가 전화를 받지 않으면 대신 나와 연결된 몇 군데로 전화를 걸어 하루치의 분노를 쏟아내며 청산가리를 투척하겠다 한다

스토커는 길거리를 돌아다니다 아주 특별한 행동을 한
다고 자주 신고를 당하고
그때 경찰이 이렇게 물으면 스토커는 대답하는 것이다
누구세요?
내 이름을 댄다
전화번호는 어떻게 되죠? 내 전화번호를 댄다
아주 놀랄 일도 아니다

여자가 정신없이 어지르는 것이 단지 나뿐이겠는가마는
계속해서 재미없는 배역을 도맡아 살라고 당부하고 싶다

그렇다면 나의 배역은
날개를 하나로 붙여버린 새
항로 끊긴 폭풍 신호를 보내지 않기로 한 여객선

이렇게라도 영원한 억지에 넘어가주는 역할을 유지해
야 한다면 그 끝이 언제일까를 다시금 고민하는 배역

흰곰이 나타났다

사람들은 모르는 모양입니다

말끝마다 욕을 섞고 짜증을 내고
기침을 하면서 내 뒷머리가 날려도
앞자리에 앉은 사람 신경도 쓰지 않는 한 남고생
그에게 욕을 하고 싶었다는 것을 모르는 모양입니다

그리고 잠시 후 내가 누구에게 참 인사를 하고 싶었다
는 사실
그러고 큰 용기를 내어 인사했을 때는
그 사람이 받아주지 않았다는 고약한 사실

그럴 때면 저 멀리 흰곰이 웃고 있습니다
어찌할 바를 모르는 것이
나 때문인지 누구 때문인지 알 수 없을 때 흰곰이 웃고
있습니다

산길 낭떠러지를 조심하라고 세운 위험 표지판에다
엿 먹어,라고 쓴 욕설이나

돈 이야기며 주식 이야기만 밥 먹듯 해대는 누군가가
목적이 우월하므로 문제 되지 않는다는 표정으로
나를 굽어 내려다볼 때

내가 잘못한 것으로 누구를 미워하는 일이 생길 때도
흰곰이 웃고 있습니다
나에게 그것만으로 최선이다 싶게
저 멀리 흰 눈발 속에 서서 흰곰이 웃고 있습니다

흰곰을 마주치거든
내가 멀지 않은 곳에 있다고 가정해주십시오

입장의 차이, 그 압력
고개를 흔들고 마는 솔직함의 공격이라든가
말도 안 되는 만만함으로 누군가가 당신을 누르거든
휘파람을 데려다 까진 무릎을 축하하세요

닥친 흰곰에게 아무 내줄 만한 것이 없더라도
관절에 실을 묶어 데리고 다니는 천사의 인형일 수도

있다는 점을 회피하지 마십시오

　사람 일은 연결되어 있으나 풀리지는 않는답니다
　풀려고 애를 쓰지 말고 계단 끝에 앉아 흰곰을 기다려
주세요

기차는 칭다오에서 출발한다

기차표가 없었는지 모자(母子)에게 자리는 하나뿐이다
듬직한 아들은 얼핏 봐도 아프다
노모가 보온병을 건네고 과자를 건네보지만
다시 또 삶은 달걀을 건네도 아들은 싫다는 내색을 한다
아들은 육중한 무언가에 상체를 심하게 받친 듯하다
기차가 어느 역에 멈추고
어머니가 앉아 있던 자리에 자리 주인이 와서
이제 어머니는 서 있어야 한다

집에 가는 길이 멀다

어머니가 컵라면에 뜨거운 물을 부어 아들에게 가져다
주니 이번엔 다 먹는다
아들은 서 있어도 괜찮다는 어머니와 자리를 바꾼다
어머니는 기댈 곳 없이 서 있는 아들이 벌써 아프다
생각난 듯이 약을 꺼내 아들에게 먹인다
짐칸에 올려진 이불 보따리는 제자리에 있지만
어머니는 다시 빈자리를 찾아 전전해야 한다

집에 가는 길이 멀다

잠시 자리를 바꾼 아들이 어딘가로 사라지는 것 같더니
어머니에게 전화를 걸어온다
앞 칸에 자리가 많이 비어 있다는 전화였는지
앞 칸으로 무조건 건너오라는 말인지 서둘러 노모가 이
동한다
두 사람은 마주 앉거나 나란히 앉을 것이다
짐칸의 이불 보따리는 몸을 말며 앞쪽으로 조금씩 밀려
간다

기차는 입원과 간호로 지쳤을 단 두 사람만을 태운 것
같다
기차는 굽은 철길을 따라서 돌다 돌다 그렇게 인생의
앞 방향을 내다보는 중이다

지독히도 부드러운 길은 멀겠지만 돌다 돌다 더 멀어도
되겠다

친구

강 건너 사람 둘이 걷고 있다

멀어서 얼굴은 잘 보이지 않는다

한 사람이 몸을 숙여 아래를 참견한다
다른 한 사람이 걸음을 멈추고 그 사람을 기다려준다

그래

참견하느라 늦은 사람이 몸을 일으켜 조금 빠르게 걷는다
늦춰 걷던 먼저 사람도 속도를 맞추려는지 몸을 조금
서두른다

그래

맞출 수 있다면 이것저것 잇대어서라도 맞춰야지

2

버섯 따기를 마친 사람들이 동박새가 어떻게 겨울을 날
지 고민하는 계절이었다

나는 사막을 걸었다

어디서 왔는지 모르지만 누구는 나와 길이 같았다

누군가는 말을 걸어왔는데 무슨 말인지 알아들을 수 없
었다

깊은 밤 모포로 가린 내 얼굴을 누가 만져주는 것 같았
으나 누군가의 손길이 아니라 바람이었다

푹푹 빠졌지만 사막의 길은 그래서 걸을 만했다

하산

— 공부를 마쳤습니다.

한 청년이 기내에 들고 탄 이불 보따리가 너무 큰 걸 보고는 승무원이 제지하자

— 제가 하산을 했단 말입니다.

그러자 승무원이 말을 받았다

— 하산을 했더라도 큰 짐은 부쳐야 합니다.

— 부치고 남은 짐입니다. 더는 부칠 수가 없다고 해서 들고 탄 겁니다.

부치고 남은 짐이 이불이라면 부친 것은 그릇일까 도마일까

짐칸에 이불이 들어가질 않자 청년은 이불을 끌어안고 앉았다

공부를 다 하고도 가져갈 이불과 세간들이 있다 못해 힘을 내어 갈 곳이 있다는 것은 얼마나 큰 공부인가

하지만 마땅히 갈 곳이 없다 하더라도 그것은 또 얼마나 큰 공부인가

인간은 연습한다

길 한가운데 노인이 쭈그려 앉아 있다
차는 많이 없었지만 아무리 봐도 차가 다니는 길이고
자세히 보니 이 길은 다섯 갈래 모두 차가 다니는 길이
었다

신호에 걸려 차 안에서 노인의 등짝만 내다보고 있던
나는
어딘가 잘못된 사람이 아닐까 싶었는데
그냥 멈춰 앉은 상태는 아닌 것이 분명했다

신호가 바뀌고 바싹 그의 옆을 지나다
아무래도 노인이 위험하겠다 싶어 경적을 울리는데
빵빵거리지 말라고 노인은 단호하게 소리쳤다

아예 그가 쭈그려 앉은 것은
쓰러져 누운 강아지 한 마리를 쓰다듬고 있어서였다

더워서 더는 걷지 못하는 강아지의 주인이었을까
아니면 차에 치여 숨을 놓는 중인 주인 없는 강아지였

을까

　한 덩어리의 무엇을 옮기지 못하는 것은
　결국은 자신의 무게 때문이겠지만

　나도 며칠 전 꼼짝도 않는 종이 한 장을 놓고
　눈을 떼지 못한 채 울먹인 적 있다는 사실 하나를
　이 한 장면에 얹어도 될까

　한 사람을 종이에다
　그것도 흰 종이 한 장에 묻느라 혼곤했었다는 사실 하
나를

내가 소년의 딱지를 뗀 세상의 첫날

첫 아르바이트를 하던 날
비가 내리고 있었는데

파쇄된 종이를 버리는 과정에서
종잇조각들을 땅바닥에 엎지른 소년이
하나씩 하나씩 젖은 조각들을 긴 시간 주워 담느라
인쇄소 주인에게 꾸중을 들었다

점심을 먹고 들어오는 길에 시간이 남아
괜히 문구점에 들러 펜을 골라
종이 빈칸에 적었다

"오늘은 비가 많이 왔다."

첫 일을 하러 나간 날만 그런 게 아니라
과다한 창밖의 비는 그러고도 며칠을 더 내렸다

하루는 소년이 사다리에 왜 올라가야 했는지
며칠 내린 비에 사다리의 나무가 삭았는지

올라간 것보다 더 가파른 곳으로 곤두박질쳤다

시키지 않은 일을 했다고 또다시 인쇄소 주인에게 혼이
났다

쏟는 일과 쏟아져 내리는 일들이,

누구도 피할 수 없다는 면에서 비슷한 일들이 연달아
있었다

바싹 자른 연결 부위

한 소녀가 털실을 팔았다

이상 기온으로 40도를 웃도는 우크라이나의 시장 거리
였다

이렇게 찌는 날씨에 왜 털실을 파느냐고 묻지 않았다

털실을 샀다

털실을 온몸에 감고 날아다니다 떨어져 뒹굴 수 있다면
맨땅이 아니라 사람 품이라면 좋겠다는 되도 않는 상상을
했다

시장은 정비를 핑계로 모든 간판을 떼어내는 중이었다

소녀의 털실은 선선한 바람 부는 쪽에서 판다면 조금이
라도 팔 수 있을 것이다

소녀의 큰오빠는 이웃 나라 그루지야에서 털장갑을 팔
았다 털장갑을 쓰지 않는 시대가 올 때까지 팔았다 더 이
상 춥지 않았고 뜨거운 걸 직접 만지지 않는 날들 장갑은
집 안 가득 쌓여만 갔다 세상이 눈으로 덮이는 기간이 길
어져서 장갑이 필요한 시대가 도래할 거라는 기대와 상관
없이 우기의 시대가 왔다 우산은 살 수도 있었지만 주울
수도 있었다 따뜻한 비가 많이 와서 빚이 늘었다 소녀는

오빠의 팔리지 않는 장갑을 풀어 살이 떨어져 나간 과심에 과일을 되붙이듯이 천천히 감기 시작했다

　글로 사랑에 대해 배운 적 있느냐고 소녀에게 묻지 않았다
　배낭에 담은 털실을 다시 꺼내 한 발을 이빨로 끊었다
　내 손목에 세 번을 감고 묶어달라고 몸짓으로 말했다
　털실로 감은 것이 나인지 소원의 뼈인지 몰랐다
　소원이 커다란 실뭉치가 되지 못하겠는지 털실 뭉치가 시장 바닥에 떨어져 굴렀다
　여행하느라 부은 나의 발에다, 어젯밤 총에 맞은 소년병의 두 발을 끌어다 동여매야겠다는 생각을 했다

누가 내게 술 한잔을 사줘도
되느냐고 물었어

옆자리의 누군가가 물었지
술 한잔을 사줘도 되겠느냐고

북유럽에서 왔다는 사람이 모르는 사람에게 말을 건다
는 건
대단하다 못해 넘치는 최선
스웨덴에서 왔다고 했어
용기에다 술의 빨대를 꽂은 것은 북유럽 사람다웠지

스물한 살이라길래
입장을 바꿔 내가 사줘도 되느냐고 물으려다 술 한 잔
을 받았어
아시아 사람하고 처음 이야기를 하는 거라니
나는 말하는 데 신경을 썼을까

그는 어렸을 때부터 술을 마셨다고 했어
보드카를 마셨겠다고 농담처럼 물었더니 맞대, 그랬대
할머니가 집에서 보드카를 만들었는데
사람들이 알고 있는 맛이랑은 달랐을 거라는 거야

알 수 없지만 달랐을 거야

너의 할머니를 조금이라도 상상할 수 없으니

할머니가 가리키는 산 너머와 너희 집 앞을 흐르는 개
울물, 사탕을 담은 유리병 속 공기, 헛간에 걸어놓은 훈제
생선, 흘린 산딸기즙 주변으로 몰려드는 개미 떼의 행렬,
며칠 내놓은 술독 이마에 쌓인 눈들,

네가 올라가서 잠을 자던 다락방이 있는 집은 통나무집
인지

너는 아주 긴 여행을 할 거라고 했다

이번엔 내가 술을 사도 되느냐고 물었어

시작은 근사하고 그러는 너는 더 근사하고

모르는 사람끼리 만나 작고 시시한 이야기를 쌓아간다
는 건 참 경이롭지

모르는 사람끼리 만난 지 얼마 되지도 않아

약속을 한다는 건 더 묘하지

"내가 할머니를 보러 갈게. 너는 여행을 계속해."

내일은 국경 쪽에서 내전이 발발할지도 모르지만
나는 말한 그대로 약속을 지켜야만 하는 성질머리의 사
람이고
지구 반대편의 일과 사람이라면 엄연히 더 그래야 한다
고 믿으니

내가 할머니의 손을 잡아주러 갈 테니
그러니 세계여, 전쟁을 멈춰주세요

마음은 꽃게

생각을 할 때 사선으로 한다는 사실을 한 번도 의식한
적 없습니다

이름에 꽃 자가 달려 있다는 사실도요

뭐든 자르고 끊어낼 것 같지만 소문이 건드릴 때뿐입
니다

집게는 한 번 사용한 후에 끊어냈으니 여태 대상에 매
달려 있을 겁니다

왼쪽보다는 다른 쪽으로 비켜서기 쉽습니다

경우에 따라 상하좌우는 뒤집혀 섞입니다

은신처를 여럿 파놓고 자주 숨을 준비가 되었습니다

후퇴 뒤에는 번번이 실패만 있습니다

중요한 문제는 자주 연속적으로 거품을 문다는 점이고요

죽을 때까지도 옆으로 걷는다는 사실을 모를 뿐 아니라

대체 뭐 하러 양손을 번쩍 허공에 쳐들고 다니며 씩씩
대는지도 모른다는 겁니다

소년에게

아버지와 목욕하러 온 아이
아버지가 머리를 감으며 거품을 헹구는데
샴푸를 아버지 머리에다 자꾸 짜대는 아들

다 헹구었을 만하면
또 짜고
다 헹구었을 만하면
또 짜고

아이가 아주 어렸을 때 아버지는 아이의 머리카락 많이
자라라고
머리를 빡빡 밀어준 적 있을 것이다
크는 아이의 머리를 감겨준 적도 몇 번 있을 것이며
무언가를 기다리는 사람처럼 코밑을 궁금해하고
배꼽 한참 아래를 슬쩍슬쩍 내려다본 적도 있을 것이다

한쪽은 웃음을 참느라 한쪽은 씻어내느라
두 엉덩이 계속 실룩거린다
두 사람 사이를 가려주는 듯

수증기가 수줍게 메아리를 만드는 것 같다

북해도의 원주민 아이누 부족은
사내아이의 앞머리에 구슬을 묶어 장식해주고
아이가 첫 사냥에 성공하면 머리카락 끝을 잘라
구슬을 분리하는 의식이 있다는데

아이야
이제는 너도 세상의 급소를 알았으니
머리카락 끝을 조금 잘라
목욕물에 흘려보내주면 어떻겠니

4부

해변의 절벽

해안 절벽 찰랑이는 물결에 목을 걸고 바위가 떠 있다
바위 표면은 살려고 납작 붙어 있는 따개비 같은 것들
로 희끗하다
내 눈에다 깊이 그것을 담으려 하지만
자주 물처럼 흔들려 어렵다
그것을 내려다보다가 난 그만 울컥하였다

왜 슬프냐고 당신이 물었다

왜 슬프지 않으냐고 내가 물었다

만 년 전에 해안이 밀려와 여기 도착하였고
천 년 전에 높은 산으로부터
이 바위가 조금씩 굴러와 여기 잠겨 있을 텐데
어떻게 슬프지 않겠느냐고 말하려다
당신에게 자갈 하나 주워 건네는 것으로 다였다

이것도 다 매듭을 풀려는 것 아니겠습니까

아무도 살지 않는 강 건너에 텐트 하나가 보였습니다
있을 수 없는 일이죠
그 건너로는 여태껏 아무도 그럴 수 없었으니까요

빼꼼 텐트 안이 내비치기도 할 텐데 별일이 없습니다
이상한 것은 텐트를 친 자리에 자라고 있던 나무 하나
가 없어졌다는 사실입니다

저편에 텐트가 생기자 나에게는 늘어나려는 성질과
오그라들려는 마음이 생겨났습니다
어떻게 저기로 사람이 건넜을까 의심만 하는데도
내 마음에 고양이가 들어온 것만 같습니다

서너 차례 돌다리를 놓으려 해봤지만
번번이 물에 쓸려 내려갔습니다

내가 보이거든 두어 번 물가에 돌을 던지라고 말할 뻔
했습니다

그쪽도 이쪽으로 건너오고 싶은데 건너지 못하는 것은 아닌지

그 너머에 절벽과 그늘만 있고 아무것도 없으면 어쩌나 걱정되었습니다

텐트에 처음 불이 켜지는 순간만을 기다렸습니다

그쪽도 나도 서로의 사정을

조금씩 알아가도 되는 때라 믿게 되었을 때

그것은 그냥 빈 텐트일 뿐이라는 사실에 놀랐습니다

텐트를 쳐놓고 떠나는 사람들이 있다는 소문을 들은 건 얼마 지나서의 일입니다

건너지 않고 남겨두는 것이 삶의 지분이라고 친다면

기필코 건너겠다 마음먹는 것으로도 여행이겠지요

다녀오겠습니다

밀쳐놓을수록 저 강 너머로 휘어지는 기울기를 알려야 겠습니다

그네

그래도 가려 합니다
당신으로 인해 이 세계는 듣고 싶은 이야기와
하고 싶은 이야기뿐이라는 사실을 데리고요

여름이라 드러난 당신 팔목 상처의 흔적은
식물의 줄기 같았습니다
와인병을 따다가 그랬다고요
쇠가 그은 것은 그저 당신 세계를 질투한 것일 테니
그때 잘려 나가지 않은 것은 모두
자기 자리를 받아들이자는 것일지도요

눌러지지 않는 이 어쩔 수 없음이
그저 잡다한 것에 불과하다고 말할 수는 없겠지요

당신을 쫓는 것은 답이 아닐지도요

당신은 남겨둘지도요
어제의 세계와 그 세계를 갉아먹었던 불순한 버릇들과
꽃은 왜 이리 붉은 것인지에 관한 의문들을 선명하게요

그래서 가려 합니다

당신을 만나 겨우 변변해진 세계를 연명하려는 것과

그것이 오늘이 아니면 끊어질 것 같음을 알리려고요

이 끈끈함을 정신없이 핥고 있는 나의 편협을

당신에게 들키고 싶은 것일지도요

어느 가게 유리에 찍힌 이마 자국

어느 가게 유리에 찍힌 이마 자국

유리창 바깥쪽 면이었다
누구를 들여다보려 했을까
무엇을 말하려다 무심결에 이마가 닿은 걸까

안쪽 세상으로 밀어놓지 못한 자국은
그로부터 한참이 지나도 닦인 적 없이 명료하게 굳어
있다

거리가 어두워지면 안에서 옅은 불빛이 새어 나오는데
그때마다 이마 자국은 더 선명해진다

이마에 유리 자국이 찍힌 것이 아니라
유리에 이마 자국이 찍힌 것인데

그래도 된다면 그 자국은
유리창이 박살이 날 때까지 그대로 있을 것 같다

이마 자국 안쪽에는
혼자 무슨 말인가를 내뱉는 영혼의 모든 일이
그 안을 휘젓고 있을지 모른다

가끔 차량의 걸걸한 불빛들이 스쳐 지나면서
몇 번이고 이마 자국이 드러나는 아주 깊은 시각

나는 그 이마에 내 이마를 겹쳐보았다
이마를 정확히 그 자리에 마주 대야만
안쪽의 무언가가 잘 보일 거라는 절대적인 확신을
아무에게도 들키고 싶지 않았다

잠시 커튼 이야기

원래는 없었지만
홀홀 옷을 벗고는 세탁한 옷으로 갈아입는 사람들이 하
도 많아서
커튼 하나를 마련해두었다는 이야기
무인 빨래방 이야기

뭔 일로 급해서인지
입을 옷이 그뿐이어서인지
막 건조된 빨래를 꺼내 갈아입는 적나라한 사람들 모
습이
자주 시시티브이에 찍혀서
빨래방 주인이 거울이라도 걸까 싶어
거울과 함께 마련해둔 커튼이라는데

그 이야기가 사람의 밑변을 받치는 이야기로 들리더라
는 이야기

대형 세탁기 빈 통에 들어가
웅크리고 잠을 자다 걸린 사람이 있었다는

신문 기사가 떠올라서도 아니고

세탁하러 갔다가 세탁기 안에 남겨진
남의 빨래 한쪽을 집어 들었을 때
내 손끝에 오래 남아 있던 따스한 촉감이 떠올라서도
아니건만

커튼과 거울로 가려주고 비춰주고 싶은
세상의 마음이 있다니
커튼의 바깥 면이라도 되어 걸린 다음
한 몇 달 흔들리고 싶더라는 이야기

환풍

1

목욕할 때 빼놓지 않아서
손목시계 안에 물이 찼을 때 문득 떠오른 사람

목욕을 하면서 문을 닫아놓지를 않아서
마루에 걸어둔 시계 유리에 증기가 가득했을 때도
또다시 떠오른 사람

그래서 계속 밖을 내다봤습니다
일하는 중에도 계속해서 내다봤습니다
해가 지고 깜깜해질 때까지
사라질까 마음을 여닫고 낮추고 하는 것은
무슨 쾌락을 앓고 있는 것이 분명합니다

고개를 몇 번이나 저은 후에
나는 열쇠를 줍기 시작했습니다
당신이 사는 세상 모든 틈에
열쇠를 하나씩 맞춰보았습니다

2

내가 이 생각을 했기 때문일까요
집에 돌아왔을 때 잠가놓은 문은 버젓이 열려 있고
누군가 집에 들어와 가져간 쓰레기통
가택수사 영장도 없이 불쑥 빈집에 들어와
허락도 없이 빼낸 것은 쓰레기통

냄새도 아니고
쓸쓸함도 아니고
그냥 쓰레기통

나는 뭘 버렸을까 생각하니
버린 것을 기억할 수는 없고

혼자 사는 집에서 나는 내 이야기를 하지 않으니
혼잣말을 따라가볼 수도 없고

한쪽에 치워놓은 쓰레기통에 나는 무엇을 담았을까요

이런 식으로라도 나를 쫓아낸 걸까요

허락 없이 들어왔다 해도 자신이 옳았을까요

가을의 우체국

열어놓은 우체국 문 사이로 바람이 훅 불어 들어온다

바람이 들어올 때마다
대기 번호표 기계의 센서가 감지되어 번호표가 튀어나
온다

낙엽처럼 번호표가 뚝뚝 한 장씩 밀려서 떨어질 때마다
띵동 소리와 함께
우체국 담당 직원 머리 위 대기 숫자가 바뀌고
어서 오세요, 하면서 직원이 자리에서 일어선다

가을의 우체국에 오는 사람은 아무도 없다

이삿날

이사해봤는지
혼자 집을 구하는 일과
혼자 이사를 해야 하는 일
해봤는지

그때는 중간 기분 같은 것은 있지 않지
확실한 감정만 있을 뿐

그게 얼마나 매운 일인지
다리가 휘청이는 밥상을 어디에 기대 놓을지
밑이 빠지는 책 상자를 일단 어디에 쌓을지 자리를 정
하는 일

실은 얼마나 좁은 네모의 방 한 칸인데
그게 하나도 좁지 않은 첫날의 저녁과 밤이어서

좋은데 서러워서
한사코 더 서러워지고 마는 일

짐을 어떻게든 부려놓고
동네를 한 바퀴 돌면서
문득 마주친 미용실과 국수 가게의 등을 켜놓은 간판들
마치 저런 배열처럼
창가에 씨앗도 뿌리면서 살아야겠다는 계획과
잘 살 수 없을 거라는 불안조차도 축축해지는

그래도 멀지 않은 곳에 강이 있을 거라는 기대와
그 강에 아무 배나 띄워도 된다는 가정이 있겠지만

이사를 해보면
그것도 혼자 다 해야 하는 이사를 해보면
내가 얼마나 망명 중인지를
또 얼마나 거룩해봤자인지를 알게 되지
그전에 살던 집을 지우려

재워줍니다 이별은 덤이고요

광장으로 향하는 버스에는 사람이 없었다. 그래서 한 도시로 밀려들어가는 것 같았다. 내가 만나기로 약속한 사람은 내가 지내기로 한 집의 집주인으로 앞을 못 본다고 했다. 광장의 동상 앞에 지팡이를 들고 서 있을 거라고 했다. 자기 집 소파를 내주는 일*로 세상과 만나기로 한 것 같았다. 집은 광장으로부터 이어진 언덕 위에 있었다.

사흘을 지내는 동안 그가 한 질문 가운데 인상적인 것은 "한국은 지금 어떤 계절이에요?"였다. 잔뜩 기대하고 물은 것 같았지만 나는 똑같다고 말했다. 다만 피는 꽃이 다르다고 말하자 그의 귀가 움직였다. 그는 점자로 된 컴퓨터 자판에 한 손을 올렸다. 그가 안 보는 사이 나는 물티슈로 구석구석을 훔쳤다.

내가 자는 소파 밑에 거북이가 자고 있었다. 같이 산 지 오래되었다는 거북이는 내가 냉장고 문을 열면 기어 나왔다. 뭔가 먹고 싶은 게 아니라 냉기를 찾는 듯했다. 당근 뿌리, 상추 같은 것들을 먹다가도 내가 창문을 열면 바깥 소리에 반응하는 건지 빛에 반응하는 건지 몸을 돌려 소파 밑으로 기어들어 가는 수고를 했다.

그 집에서 지내기로 약속한 사흘이 저물었다. 처음 만났던 광장으로 그가 한사코 배웅을 나와주겠다고 했다. 또각또각 지팡이 소리와 드르륵드르륵 가방 끄는 소리가 좁은 내리막길을 채웠다. 이제 그만 들어가도 된다고 내가 말하자 매일 광장에 나가 앉아 있는 일이 목적이라고 했다. 목적.

앞으로 내가 이 친구에게 해줄 수 있는 건 내 소파에서도 며칠 지내게 하는 것. 물론 나에게는 소파가 없으니 소파를 사야 한다. 내가 한국에서 보자며 "나는 책을 만들고 식물 가게를 한답니다"라고 말했다. 그가 귀를 움직이며 잠시 희망을 떠올리는 것 같았다. "지금 당장 따라갈 수 있다면 최초의 여행이라고 내 연보에다 적을 수 있겠어요……" 태어나서 한 번도 떠날 곳을 정해본 적이 없다는 그가 오래 손을 흔들었다. 딛고 올라설 것이 없어서 그렇지 그는 할 수 있는 만큼 힘껏 높이 손을 쳐들었다. 움직임에 따라 그의 몸체도 면밀히 움직였다. 그가 앞을 못 보는 사람이 아닐지도 모른다는 생각을 처음 했다.

* 전 세계 여행자들 사이에서 '카우치 서핑(Couch Surfing)'이라는 말로
통하는 개념으로, 여행자가 원할 경우 자신의 집 거실 소파에서 재워주
는 문화를 이른다. 낯선 사람들끼리지만, 원한다면 자신의 공간을 무료
로 내주는 공간의 맞교환을 조건으로 한다.

조각들을 좋아해

싸움을 좋아해
하지만 싸워보질 않아 얼마나 잘 싸우는지 모르지

나는 시 쓰기를 좋아해
하지만 종속되어 있기만 해서 얼마나 좋아하는지 모르지

말하고 싶었지
멀리서 혼자서만 좋아해온 그것들은 실제로 만져진다고

음악에 영향받는 것을 좋아해
때문에 하루가 망가지거나 기분이 가라앉기를
한없이 그렇게 반복해

나는 말했지
소금 만드는 일을 하라고
먹을 정도는 되지 않겠지만 옷 틈새 살 접히는 틈새에
우수수 떨어질 정도의 소금을 맺으라고

그것이 우리 몸을 영하로 떨어뜨리지 않는 길이라고

오래 왔다는 사실과 멀리 갈 거라는 계산은
그래서 중요한 축적이라고

나는 철길을 좋아해
진실을 향해 멀리 뻗어 있어서
뱀을 좋아해
마주치고 싶다는 이유만으로

좋아하는 것을 좋아하고
좋아하는 곳에 씨앗이 모여 고인다는 사실을 좋아하고

빨간 덩어리 하나가 있어
천천히 쳐다보고 오래도 쳐다보고 있으면
당돌하게 장미가 되어 피는 것처럼

말간 숨 하나
오래 안에 들여놓고 키웠더니 춤이 되고
큰 사과 하나 깊이 먹었더니
나 또한 하루 만에 똑같이 사과가 되는 것처럼

좋아하는 하나 종일 들고 걸으면
언덕 너머 나무 밑 살고 싶은 곳에 도착하지

아, 나는 나에게 전화 거는 것을 좋아해
도대체 그게 가능하기나 한 건지
어떻게 걸고 받아야 하는지 아직 모르기 때문에

내가 원하는 것

나는 한 사람의 대역이었지요
사람들은 나를 보고 그로 알아보기도 했습니다
나도 그 사람인 척했지요
싫지는 않았기에

내가 누릴 수 있는 것은 특권이었고 나였어요

사진 찍을 때 배경을 골라준다는 인물 사진관에 가본
적이 있나요
배경만으로 다른 삶을 살게 될 것 같은 기분이 샘솟았죠

질문 받기를 좋아했습니다
그와 관련해 사실인지도 모를 답변들을 하는 재미만으
로도
새 옷을 입고 미지의 나라로 출장 가는 울창한 기분

돌아오지 않아도 될 것 같은
한배를 탔습니다

나여도 되고 그여도 좋겠단 생각을 할 때마다
인생의 윤곽을 뒤집을 수 있을 것만 같은 열쇠를 가진
나는
한 번만 더 그가 되겠다고 다짐하고 말고요

아름다워지기도 했을 겁니다
사람들이 따르려는 것이 그의 아름다움의 위엄이었다면
나는 어쩌면 미안하리만치 대접받는 의외의 존재감에
손을 대고 있습니다

나는 한자리에 있었으며 평범에 집중했지만 그마저도
평범했으며 역시 그마저도 지탱할 힘을 잃어 자처한 대역
이었습니다
나는 언제까지
이 알몸으로의 권리와 황홀함을 지속할 수 있을까요

안 보고 싶은 마음

둘이 중식당에 들어갔는데 자리가 없어 방으로 안내받
았다
창밖으로는 기차가 떠나고 들어오는 게 보였다

원탁에 앉아 둥글게 돌릴 일 없는 안쪽 테이블을 바라
보며
서로 닮은 것이 없다는 면에서
우리 두 사람도 닮았다고 생각했다

찻주전자가 올려진
가운데 테이블을 한 방향으로 회전시키면서
그 위에 올려놓은 감정들이 속도를 냈으면 하고 생각
했다

나도 기차를 타고 이제는 돌아갈까 생각한다
가만한 것과 회전하는 것 사이에
가지 않는 시간 같은 것이 단단히 끼어 있었다

회전 테이블을 행운판처럼 돌리느냐

이쯤에서 돌아가느냐의 문제겠지만
달랑 면 요리 하나씩을 시킨 두 사람은
더 이상 테이블을 돌릴 일이 없다

피하는 것으로, 얻을 거라곤 없는 사람으로 남을 것이다

더 먼 곳으로 가기 위해 당신에게 들렀을지는 몰라도
나는 기차를 타야만 한다
늦더라도 그 먼 곳에 도착하겠다는 마지막 마음 같은 것

누구나 막차를 원한다
그것이 마지막 어둠이니까

막차를 타야만 한다
그렇지 않으면 나는 남게 될 것이고
조잡하게 자욱하게 남는 것은 또 다 무슨 소용일까 하
는 마음

누락

노르웨이에 가려고 여행 안내서를 샀습니다
출발을 앞둔 비행기 자리에 앉아 책의 처음을 펼치는데
비행기가 뜰 생각을 하지 않았습니다

몇 번 미안하다는 안내 방송을 하더니
이번엔 갑자기 식사를 내주었습니다
밤 12시 출발이었지만
그때는 새벽 3시 반이었습니다
나는 지상에 붙들린 채로 그것도 비행기 안에서 포도주
를 많이 받아먹었습니다

결국 비행기는 뜨지 않았습니다
모든 승객은 짐을 받아 호텔로 이동해야 했습니다
다시 그날 밤 12시에 떠난다고 예고하고는
탑승 시간이 임박해 각자 방으로 연락을 준다고 했습
니다

밀실인지 별실인지 그곳에서 나는
아무 데도 나가지 않고 정성스럽게 스무 시간을 기다렸

으나

　시간이 다 되고도 나만 그 어떤 연락도 받지 못했을 거
라는 이상한 예감이 들어
　항공사 직원에게 전화를 걸었습니다
　이미 비행기가 활주로로 움직이고 있다고 말했습니다

　나는 다시 이 방에 있어야 합니까
　그것은 나쁜 쪽입니까

　타지 못한 비행기 티켓은 환불을 받기로 되었고
　모아둔 여행 경비를 쓰지 않아도 되었으니 좋은 일이기
도 하였으나
　나는 남겨졌습니다
　밤 12시와 밤 0시 사이의 일이었습니다

공항에서

헤어질 때 서로 멀어져가는 이의 모습을
사진으로 찍는 이들을 보았다
마지막까지 둘은 서로에게 최선을 다하려는 듯
멀찌감치 방향을 잡고 서서 전화기를 든 채
애틋하게 그러고 있었다

당장은 아쉽겠지만 헤어져야지 별수 없을 것이다

헤어질 때 서로 사진을 찍는 종족이 있다고 생각한 후
다음번에도 또다시 공항에서였다

헤어질 때 힘껏 끌어안았다가 떨어지는 두 사람 몸에서
쩍 하고 나뭇가지가 갈라지는 소리를 들었다
도대체 멀리 떠난다는 말이 무슨 말이냐고
호소하듯 소리치던 한 사람이 한 사람을 껴안은 것뿐
인데
나무 갈라지는 소리보다 더한 소리가 공항 안에 울려
퍼졌다

두 사람은 서로의 몸에서 손을 풀고도 그 소리에 놀라
양팔을 내리지 못하고 그렇게 서 있었다

　헤어질 때 마지막인 듯 나무 뽑히는 소리를 내는 종족
이 있다

사랑한 적, 사랑할 적

이광호
(문학평론가)

'~한 적이 있다'라고 선언하는 것은 그 시간이 존재했다고 말하는 의례와 같다. 시간은 흔적을 남기지 않고 그 시간이 있었음을 증명할 수 있는 단서는 마음이기보다는 물질의 흔적이다. 많은 사랑의 서사는 '그때 (그곳에) 사랑이 있었다'를 보여주려 한다. 그런데 어떻게 그 시절 마음의 사건을 입증할 수 있을까? 사랑의 시간에 대한 애도가 성립되기 위해서는 그 시간의 존재했음이 전제되어야 한다. 문제가 그 사랑이 존재했음을 증명할 증거라면, 상실 이후의 사랑의 존재론은 어떤 증표에 의해 성립된다. 부재로서의 사랑은 그 증표에 의해 지금 잔존하는 시간이 된다. 하지만 사물들의 흔적이 그 자체로 사랑의 시간을 증명할 수 있을까? 그 시간을 증명하는 사물의 힘은 언어의 힘에 의존하지 않을 수 없다. 시간의 흔적과 잔존을 드러내는 언어가 없다면 사물 자체는 홀로 말하지 않는다.

시 쓰기는 사물들의 감각을 되살리고 시간을 읽어내고 다시 드러내는 작업이다. 사랑을 둘러싼 그때의 미세한 감각이 되돌아오는 것이 마치 사랑이 존재했음을 입증할 수 있는 길이라도 되는 것처럼.

> 누군가를 이토록 사랑한 적
> 시들어 죽어가는 식물 앞에서 주책맞게도 배고파한 적
> 기차역에서 울어본 적
> 이 감정은 병이어서 조롱받는다 하더라도
> 그게 무슨 대수인가 싶었던 적
> 매일매일 햇살이 짧고 당신이 부족했던 적
> 이렇게 어디까지 좋아도 될까 싶어 자격을 떠올렸던 적
> 한 사람을 모방하고 열렬히 동의했던 적
> 나를 무엇을 해야 할지 모르게 만들고
> 내가 달라질 수 있다는 믿음조차 상실한 적
> 마침내 당신과 떠나간 그곳에 먼저 도착해 있을
> 영원을 붙잡았던 적
> ──「누군가를 이토록 사랑한 적」 전문

이 시 속에는 수많은 '~한 적'과 '~던 적'이 등장한다. 우선 흥미로운 것은 이 '적'들의 나열 이후에 서술어가 나

타나지 않는다는 점이다. 의존명사 '적'은 어떤 동작이 일어나거나 상태가 나타난 한 '때'를 가리킨다. 이 시 속에는 그 '때'들의 나열만이 있을 뿐 문장은 단 한 번도 완성되지 않는다. 이 시의 사랑한 적은 기록으로서의 '사랑한 적(籍)'에 이르지 못한다. 물론 '적' 뒤에 '있었다'가 생략되어 있다고 추측할 수 있고, 이것은 시적 함축과 리듬의 문제라고 말할 수 있다. 하지만 생략된 서술어는 그보다 더 미묘한 차원을 열고 있다. 누군가는 이 시의 '적'들에 대해 '적들이 없었다'라고 읽을 수 있는 가능성이 열려 있다. 그것은 시적 자유라고 말하는 대신에 시적 '잠재성'이라고 말할 수 있다. 잠재성이란 이미 현실화된 것 사이의 선택의 층위가 아니라 현실화되기 이전의 상태, 무엇이 나타나고 벌어질지 모르는 미지의 사태이다.

서술어의 생략은 적어도 두 가지 맥락에서 시적 효과를 이끌어 올 수 있다. 우선 하나는 '~적이 있었다'라고 말하지 않아도 독자로 하여금 그 시간의 감각을 환기시키게 된다는 것이다. 극단적으로 말한다면 '~한 적이 없었다'라고 쓴다고 해도 '~한 적'의 내용이 세밀하고 섬세할 때, 그 표현은 감각한 자만이 쓸 수 있는 언어라고 생각하게 된다. 가령 "시들어 죽어가는 식물 앞에서 주책맞게도 배고파한 적" "매일매일 햇살이 짧고 당신이 부족했던 적" 같은 표현들이 이미 그 시간의 존재를 입증하고 있기에 '~적 없었다'라는 서술어가 온다 해도 그 강력한 이미지들이 이미 '현전'한다.

또 다른 맥락은 시적 언어의 시간을 둘러싼 잠재성에 관한 것이다. 서술어의 생략은 '~한 적'의 시간을 단지 '과거' 어느 한때에 붙박아두지 않는다. 여기서 '~한 적'은 과거에 실재하는 시간에만 한정되지 않고, 드러나지 않았지만 잠재적으로 숨어 있는 시간의 이름이다. 그것은 시적인 순간으로서의 '잠재적 시간'이다. 서술어가 생략된 이 시간은 단지 지나간 경험의 실재를 의미하는 것이 아니라, 지금 부재하지만 잠재되어 있을 시간을 둘러싼 감각이다. 이런 잠재적인 시간을 언어화할 수 있는 것, 존재의 감각을 시간 속에 사유하게 해주는 것은 시 쓰기이다. 그래서 이 시의 '시간-이미지'는 감각과 기억을 동시에 불붙게 하고 다른 잠재적인 시간을 향해 몸을 열게 만든다. 마지막 문장은 그 '잠재적 시간'의 내용을 미묘하게 암시한다.

　　　　마침내 당신과 떠나간 그곳에 먼저 도착해 있을
　　　　영원을 붙잡았던 적

"마침내 당신과 떠나간 그곳"은 과거시제에 속하지만, '그곳'에 도착했는지를 알 수 없기 때문에 이 과거형은 완성되지 못한다. "먼저 도착해 있을"은 현재완료 혹은 현재완료진행에 속하지만, '있을'이라는 추측의 뉘앙스 역시 완료된 사건인지 확실하지 않다. "영원을 붙잡았던 적"은 과거에 가깝지만 서술어가 생략되어 있어서, 그것을 완전한 과거라고 단정하기 어렵다. 이 문장은 완결되지 못한 과거와 현재완료진행 사이에서 불안정한 시간을 가리킨다. "영원"이 그곳에 먼저 도착해 있는지 확실하지 않은데 그것을 "붙잡았던 적"이라고 말할 수 있을까? 이 문장이 "먼저 도착해 있는" 영원이라면 이런 시제의 모호함은 일어나지 않았을지도 모른다. 하지만 "먼저 도착해 있을"이라는 이 모호한 시제 표현이야말로 이 시의 잠재적 시간을 다른 차원으로 개방한다. 다른 방식으로 말하면 "영원을 붙잡았던 적"은 과거로서의 실재가 아니라 '벌어질 수도 있을' 그러나 확신할 수 없는 시간이다. 사랑의 서사에서 "영원을 붙잡았던 적"을 실재하는 과거로 단정하는 것은 어려울 것이다. '영원'이 어떤 상태가 끝없이 이어져서 시간을 초월하는 무시간성을 의미한다면, '과거에 영원을 붙잡은 적이 있다'는 말은 어떻게 성립될 수 있을까? 시 쓰기는 그 논리적 모순을 드러내는 데 머무는 것이 아니라, '~한 적'과 '영원' 사이의 어떤 미지의 시간을 발명한다. 이 시의 생략된 서술어와 개방된 시제는 사랑의 사건을 단지 과거적 실재에만 머무르게 하지 않는다. 사랑의 사건은 그 시제가 결정되지 않았으며, '도래할 과거'와 '오래전의 미래'로서의 사건이다.

　　　내디딜 발 하나가 없거나

끌어당길 손 하나가 없어도

두 발이 다 없거나
두 손마저 다 없어도

도무지 전부가 마비되고 없다 해도

그리하여 마디마디 접붙일 것이 없기에
다글다글 원하는 것이 없다 해도

—「사랑」 전문

　서술부의 생략은 이 시에서도 미묘한 리듬을 만들어낸
다. 주어마저 생략되어 있어서 행위와 사건의 주체도 개
방되어 있다. 이 시에서 반복되는 것은 '~이 없어도' 혹은
'~이 없다 해도'라는 표현이다. '~이 없다'라는 종속문에
부정의 접속어가 포함되어 있어서 이 문장들 뒤에 '~이
없어도' '~이 있다', 혹은 '~이 가능하다'라는 의미의 문장
이 따라올 것 같다는 추측을 하게 된다. 하지만 '~이 없어
도' 있을 수 있는 것이 도대체 무엇인지 알 수는 없다. 이
시의 제목이 "사랑"이기 때문에 아마도 그것이 '사랑'일
것이라고 가정해볼 수는 있다. 하지만 사랑이란 실체가
모호한 관념이어서, '사랑'은 '~이 없어도' 가능한 것이기
보다는, '~이 없도록' 만든 것일 수 있다. "내디딜 발" "끌

어당길 손" "두 발" "두 손"이 없어지고 "전부가 마비되고 없"어지게 만들고, "다글다글 원하는 것이 없"게 만든 원인이 사랑이라면 어떻게 될까? 사랑은 '~이 없어도' 가능한 것이 아니라, 오히려 '~이 없게' 만드는 사건이 아닐까? '없어지다'는 사건의 원인으로서의 사랑과 그럼에도 존재하는 것으로서의 사랑 사이에서, 그 마비와 상실과 그럼에도 '지금 있는 것' 사이에서, 사랑이라는 사건의 잠재성이 '있다'.

미술관의 두 사람은 각자
이 방과 저 방을 저 방과 이 방을 지키는 일을 했다

사람들에게 그림을 만지지 못하게 하면서
두 사람의 거리는 좁혀졌다
자신들은 서로를 깊게 바라보다
만지고 쓰다듬는 일로 바로 넘어갔다

두 사람은 각자 담당하는 공간이 있었지만
두 사람은 꼭 잡은 손을 놓지 않은 채
나란히 공간을 옮겨 다녔다

그림이 그 두 사람을 졸졸 따라다녔다

두 사람을 그림 안으로 넣겠다고

그림이 두 사람을 따라다녔다

—「어떤 그림」 전문

어떤 사랑의 사건은 이렇게 기록될 수도 있다. 3인칭 과거형으로 서술되어 있어서 이 사랑의 서사는 명확해 보인다. 하지만 이 서사가 '실재'했던 과거처럼 인식되기는 쉽지 않다. 미술관의 각각의 방을 지키던 두 사람이 사랑하게 되고 함께 "나란히 공간을 옮겨 다녔다"는 서사는 가능할 것이다. 그런데 "그림이 그 두 사람을 졸졸 따라다녔다"라는 문장에 이르게 되면 이 사랑의 서사는 또 다른 층위로 도약하게 된다. 사랑의 사건이 상상적 차원으로 옮겨가는 것은 은유라는 수사법으로만 설명되지 않는 영역이 있다. 이 시에서 사랑이 일어나는 공간은 미술관이다. 미술관은 대중에게 허락된 공간이라는 측면에서 익명적이고 개방적이지만, 화가의 미적 감각이 농축된 그림들을 함께 마주하고 있다는 맥락에서 내밀한 감성을 공유하는 장소이다. 또한 미술관은 영화관처럼 스크린의 리듬과 시간에 강제적으로 맞추어야 하는 것이 아니라, 관람의 리듬을 스스로 찾아야 한다는 측면에서 미지의 '마주침'이 일어날 수 있다. 그곳에서 사랑이 '발생'한다면 그 공간은 시간 자체를 바꿀 것이다. 미술관의 각기 다른 공간을 지키던 두 사람 사이에서 사랑이 발생하면 그 공간은 이미 다른 시간에 진입한다. 예외적인 시간에 대해 이 시는 "그림이 두 사람을 따라다녔다"라고 서술한다. 다른 맥락에서 그들이 다다른 시간은 상상적이고 잠재적인 사랑의 시간이다. 어쩌면 이 시의 출발점은 '두 사람'이 아니라 '어떤 그림'일지도 모른다. "두 사람을 그림 안으로 넣겠다"는 그림의 욕망은 이미 실현되었고, 그 그림으로부터 이 상상적 사랑의 사건이 흘러나왔다고 가정할 수 있다. 그러니 이 사랑의 사건을 '과거'라는 납작한 시간에 가두어둘 수 있을까?

한데 두 사람은 서로 거슬리거나 맞지 않거나
아예 온도가 다르거나
그러므로 지워내거나 도려내거나
섞어도 섞이지 않을 국면에 대해 생각하는 중일까요

각자 태어난 두 나무가 서로 몸을 끌어 가까워져
담을 만들고 물을 흐르게 하고
서로에게서 솟아난 영감은 서로 엉키고
누구도 그들의 엉킴을 풀지 못하는 것
그것이 인생의 전모라지만

이 갈피를 누가 정해줄 수는 없겠다 싶게
무기력한 밤은 밤과 섞이고

언제 멈출지 모르는 발소리는 발소리와 섞여
마침내 공원 앞에 도착했습니다

공원의 불이 하나둘 꺼지고 있었습니다
                              —「공원 닫는 시간」 부분

현재 혹은 현재완료형으로 진행되는 이 시에서의 사건
은 비교적 간단하다. "이제 막 어떤 모임을 끝내고 나온
두 사람"이 여기 있다. "이 두 사람만 남고/다른 사람들
은 각자의 방향으로 흩어"져서 "두 사람은 같은 길을" 가
게 된다. 두 사람은 아무 말도 하지 않고 "그 길을 이탈하
지 않"는다. 이 시에 사랑의 사건은 아직 시작되지 않았
다. 다만 그들은 같은 길을 계속 걷고 있다. 시의 화자는
두 사람이 걷는 시간을 다감한 어조로 '중계'한다. 그 이
야기는 지금 진행 중이고 두 사람의 내면과 이 길의 결말
을 화자는 다 알지 못한다. 사람과 사람 사이에서 "섞어도
섞이지 않을 국면"과 "서로에게서 솟아난 영감은 서로 엉
키"게 되는 일 사이에는 무수한 잠재성이 존재한다. 이 두
사람에게 아직 그것은 결정되지 않았으며, 다만 "무기력
한 밤은 밤과 섞이고" "발소리는 발소리와 섞여" "마침내
공원 앞에 도착"한다. 두 사람이 공원 앞에 도착한 시간과
그 이후에 대한 상상은 이 시를 읽은 이후에도 지속될 수
있다. "공원의 불이 하나둘 꺼지"는 시간은 공원을 닫아

야 할 아주 늦은 시간이고, 두 사람은 어쩌면 공원에 들어가지 못할 것이다. "갈피를 누가 정해줄 수는 없"는 일로서의 사람 사이의 시간은 여전히 미지의 것이다. 이 시의 순간은 어디쯤인가? '마침내'라는 시간의 부사는 어떤 상황이 완료된 것을 가리키지만 동시에 시간이 다른 영역으로 진입했음을 알린다. 그래서 '마침내' '공원 닫는 시간'은 단지 닫힌 시간이 아니라, 그 닫힘이 미지의 열림을 상상하게 만드는 '시작되는' 시간이다.

> 사랑이 끝나면
> 말수가 줄어드는 게 아니라
> 다른 언어를 쓰는 사람이 되어 미쳐 다닌다
>
> 내가 한 사랑이 겨우 그랬나 싶어 화들짝 놀라 뒤로 물러난 것이 몇 번이었나
>
> ──「과녁」부분

　사랑한 적은 사랑한 적(敵)에 관한 이야기일 수도 있다. 이를테면 "사랑이 끝나고 나면/쓰레기 같은 인간과 사랑을 했구나 하고 화들짝 놀란다"거나 "사랑을 하면 할수록/쓰레기보다 더한 쓰레기가 되어가는 나"를 뒤늦게 깨닫게 되는 시간이 있다. 이 경우에 사랑의 사건은 완전한 과거형으로 회상 될 수 있다. 하지만 "사랑이 끝나면" "다

른 언어를 쓰는 사람이 되어 미쳐 다닌다"라고 할 때의 사랑의 시간은 종결된 것이 아니다. 사랑의 사건은 어떤 방식으로든 언어와 존재 방식을 바꾸는 사건이며, 계속 되풀이되는 사건이다. 이때 '화들짝 놀람'조차 일회적인 것이 아니라 되풀이되는 '몇 번'이다. 지독한 후회와 혐오조차도 사랑이 그렇게 존재했고 되풀이된다는 것을 역설적으로 드러낸다. 그 어긋남이 '되풀이'된다는 측면에서 사랑의 서사는 쉽게 완결되지 않는다.

> 사랑을 감각하지 않는다면
> 우리는 이번 생의 암호를 풀 수 없을 텐데
> 어떻게 이러고 삽니까
>
> 사랑이 후방에라도 있는 겁니까
> ──「언젠가는 알게 될 모두의 것들」 부분

사랑을 둘러싼 오해와 어긋남을 해결할 수 있는 방법은 없다. "사람들은 사랑을 오해할 준비가 되어 있"고, "사랑은 계속해서 내 앞에서 헷갈려 하"며, "사랑이 약속 장소에 나오지 않을 수도 있"다. '~하지 않을 수도 있다'는 사랑에 관한 규정에서 가장 정직한 것일 수 있다. 사랑에 관한 가능성으로서의 수(數)는 '~가 아닐 수도 있다'라는 부정(不定)의 가능성으로만 존재한다. "싫어하는 것에는 없지만/좋아하는 것에 암호가 있"는 것은, '좋아하는 일'의 합리적 근거는 규정될 수 없다는 의미 맥락이기도 하다. 남은 것은 사랑에 대한 '감각'이며, 그 감각은 "생의 암호"를 풀 수 있는 유일한 것이지만, "어떻게 이러고 삽니까"라는 의문은 계속 따라온다. "사랑이 후방에라도 있는 겁니까"라는 마지막 질문은 이 근본적인 어긋남에 한탄을 포함하고 있지만, 문제는 그 끈질긴 질문이 끌어온 '후방'에 대한 상상력일 것이다. 사랑의 '전방'이 아닌 '후방'에 있다는 것은 시야의 문제이면서 시간의 문제이기도 하다. 이런 사랑의 기이한 거처에 대한 질문이 창조적인 것이 되려면 그것은 결국 '언어-시 쓰기'의 영역에 가까워져야 한다.

　　당신을 쫓는 것은 답이 아닐지도요

　　당신은 남겨둘지도요
　　어제의 세계와 그 세계를 갉아먹었던 불순한 버릇들과
　　꽃은 왜 이리 붉은 것인지에 관한 의문들을 선명하게요

　　그래서 가려 합니다
　　당신을 만나 겨우 변변해진 세계를 연명하려는 것과

그것이 오늘이 아니면 끊어질 것 같은 것을 알리려
고요

이 끈끈함을 정신없이 핥고 있는 나의 편협을
당신에게 들키고 싶은 것일지도요
　　　　　　　　　　　　　　　　—「그네」 부분

'~도요'의 어미는, '할지도 모른다' '될지도 모른다'를 의
미하는 다정한 대화체이다. '~도요'는 수줍고 확신을 피
해 가는 화자의 겸손한 어조이다. 그 어조는 흥미로운 리
듬을 만들어내는데 이 시의 제목이 "그네"라는 것을 떠올
리면 그 리듬에서 그네의 '진자운동'을 연상할 수도 있다.
'그네'는 또한 3인칭 대명사일 수도 있을 것이다. 그런데
화자는 그 겸손한 어조 사이로 "당신을 쫓는 것은 답이 아
닐"지도 몰라서 "그래서 가려 합니다"라고 선언한다. 만
약 이 시의 제목이 진자운동하는 "그네"라고 한다면 '간
다'는 행위는 잘 어울리지 않는다. 그네의 진자운동은 고
정된 축을 가진 왕복운동이기 때문이다. "당신을 쫓는 것"
이 답이 아니라서 "당신은 남겨둘지도" 모르고, "그래서
가려 합니다"는 문장들은 왕복운동의 차원에서는 끊임없는
시도 자체만을 가리킨다. 실제로 갈 수는 없지만 계속 '가
는' 것을 시도하고 되돌아오는 것이 진자운동이기 때문이
다. 그것은 "당신을 만나 겨우 변변해진 세계를 연명하려

는 것"과 그 연명이 "오늘이 아니면 끊어질 것 같은 것"을
알리는 운동이고, "이 끈끈함을 정신없이 핥고 있는 나의
편협을/당신에게 들키고 싶은" 욕망의 운동이다. "가려
합니다"라는 선언과 "오늘이 아니면 끊어질 것 같은" 조
바심과 불안을 '당신'에게 '들키려'는 운동이다.

    왜 슬프냐고 당신이 물었다

    왜 슬프지 않으냐고 내가 물었다

    만 년 전에 해안이 밀려와 여기 도착하였고
    천 년 전에 높은 산으로부터
    이 바위가 조금씩 굴러와 여기 잠겨 있을 텐데
    어떻게 슬프지 않겠느냐고 말하려다
    당신에게 자갈 하나 주워 건네는 것으로 다였다
                            ─「해변의 절벽」 부분

   해변의 절벽에서 울컥하게 되는 이유는 '만 년 전'과 '천
년 전'이라는 아득한 시간의 운행을 감각했기 때문이다.
인간이 가늠할 수 없는 아주 긴 시간 동안 이루어진 바를
상상하는 것은 한 생의 '순간성'을 깨닫게 되는 일이다. '순
간성'을 사유하는 것은 이중적이어서, 한편으로는 이 생의
덧없음을 또 한편으로는 이 순간의 절실한 아름다움을 떠

올리게 될 것이다. 그럼에도 불구하고 화자는 "당신"에게 그 슬픔의 내용을 말하지 않는다. 그 대신 화자가 하는 행위는 두 가지 맥락이 있다. "당신에게 자갈 하나 주워 건네는" 일종의 퍼포먼스 혹은 세리머니가 있다. 이 행위는 함축적이고 연극적이다. 그리고 이 시에 내포 화자의 표면화된 시 언어가 있다. 이 두 가지는 '당신'에게 '말'하는 것 대신에 선택된 것들이고, 둘 다 시적인 표현의 일부이다. 직접 그 이유를 말하는 것 대신에 "자갈 하나 주워 건네는 것"을 이를테면 시적인 행위라고 부를 수 있다.

> 내 이제 앞으로의 소망 하나는
>
> 뭔가를 그릇에 담아도 자꾸 새는 것
>
> 담으려 할 때마다 마음에 두었던 것을 쏟고
> 가득 출렁이도록 채울 때마다 암초에 부딪혀
> 지금이 언제인지를 잊는 것
> 다시는 생의 낯섦 앞에서 경악하지 않는 것
>
> ─「명령」부분

이 시는 "명령"이라는 제목을 달고 있지만, 시의 본문에서는 '소망 하나'라는 좀더 겸손한 표현으로 나타난다. 화자의 소망은 "길을 자주 잃게 해달라는 것" "자주 죽는 것" "뭔가를 그릇에 담아도 자꾸 새는 것"이다. 이 소망들이 공통적으로 보여주는 태도는 이를테면 목표에 대한 성취와 지속의 거절이라고 할 수 있다. "그릇에 담아도 자꾸 새는 것"이 소망일 때, 삶은 축적되는 대신 매 순간 소멸하고 망각된다. 시간 위의 좌표로서의 "지금이 언제인지를 잊"고 있기 때문에 "생의 낯섦 앞에서 경악"할 필요가 없다. 조금 맥락을 바꾸어보면 삶에 대한 이런 태도는 시에 대한 태도이기도 하다.

어느 날 나는 뭔가에 물렸던 것이다

그 뭔가는 철저히 시였고

시는 독을 흘리는 이빨인 채로 박혀

지금까지 빠지지 않는 것이고

이로써 내 경력은

뭔가를 잡으려

강물에 손을 깊이 넣고 있었던 것

　　　　　　　　　　　　　　　—「경력서」 부분

이병률의 세계는 여전히 '후방'에 있는 사랑의 시간과 그 순간의 여행들이 음각되어 있는 내적 풍격을 파고든다. 이 시집에서 사랑이 움직였던 시간은 "시의 독"에 물리는 시간, '시인-되기'의 시간과 겹쳐진다. "살이 발린 가시는 '시'라는 글자가" 된다. "가시"는 "시"로 버티고 있게 하는 매개물이기도 하다. "시는 독을 흘리는 이빨"로 '나'를 물었다. 시가 "독을 흘리는 이빨"이라면 그것으로부터 벗어나지 않는 '나'의 '경력서'는 무엇인가? "뭔가를 잡으려/강물에 손을 깊이 넣고 있었던 것"은 그리 유용한 방법은 아니다. 흐르는 강물에 손을 깊이 넣어 잘 보이지 않는 무언가를 잡으려는 방법이 실제로 성공할 가능성은 그리 높지 않다. 이 효율적이지도 기능적이도 않은 행위는 앞의 시에서 "뭔가를 그릇에 담아도 자꾸 새는 것"과 유사하다. 잡히지 않는 것, 담기지 않은 것을 위한 시간이 '시 쓰기-시인'의 '경력'이다. 잡히지 않는 것을 잡으려고 강물에 손을 깊이 넣고 차라리 아무것도 담지 않으려는 시적 태도는, 끝내 그 내용을 알지 못하는 것을 향해 '버티고 있는' 것이기도 하다.

　　　　갑자기 여자가 남자를 껴안았다
　　　　남자는 흐느끼기 시작했다
　　　　여자는 혼자 생각했다

이 사람에게 무슨 일이 있구나

여자 품으로 남자가 파고들었다
남자는 곧 흐느껴 울기 시작했다
남자는 가만히 생각을 했다

나에게 무슨 일이 생긴 것인가
　　　　　　　　　　　—「장미 나무 그늘 아래」전문

　이런 장면은 사랑의 사건에 대한 상징이 될 수 있다. 두 사람 사이에 촉각적 사건으로서의 뭔가가 일어났다. 그것을 일종의 '정동(affect)'이라고 말한다면, 그것은 감성과 피부와 몸이 떨리는 사건이다. 문제는 무엇이 일어났지만 그것이 무엇인지 알지 못한다는 것이다. 피부는 진동하고 몸은 흐느끼지만 그 근원은 스스로 알지 못한다. 이 떨리는 몸의 사건이 미지의 것으로 남는다는 것은, 그 순간이 '잠재적인 것'이라는 사실을 암시한다. 그것은 '벌어질 수도 있는' 장면이지만, 그 장면이 어디서 시작된 것이고 언제 다시 도래할 것인지 알 수 없다. 사랑의 '주체'는 이렇게 자기 확신에 찬 주체성 자체를 방기하고 타자의 세계에 몸을 던진다. 사랑은 자기에게 무슨 일이 생긴 것인지도 모르고 '흐느끼는' "장미 나무 그늘 아래"에 있을 것이다. '사랑한 적'의 시간조차도 실재로서의 과거가 아니라 어떤 잠재적인 사랑의 시간이라면, 지금 일어난 것조차 모르는 순간은 도래할 사건으로서의 '사랑할 적'의 순간이다. 그렇다면 실재하는 시간이 먼저 있는 것이 아니라 사랑이라는 '움직임'이 미지의 시간을 생성하는 것이 아닐까.

사랑의 사건이 일어난 것을 몸은 감각하고 있지만 그 내용을 다 알 수 없어서, 망설이고 모호해지고 더듬거리는 말들의 세계가 있다. '생의 암호'를 풀 수 없어서 더뎌지는 말들의 세계가 있다. 그러나 그 더딘 말들이 생의 '후방'에 있을지도 모르는 사랑의 리듬을 찾아내는 데에 있어 오히려 기민한 언어들을 넘어설 수도 있다. 시인 허수경은 『찬란』(문학과지성사, 2010)의 해설에서 "그리고 이병률이다. 세계가 저토록 불분명하니 말이 더뎌지는 순간들을 수없이 경험한 시인이다"라고 쓴다. 그 표현에 동의하지 않을 도리는 없지만, 사소한 한 가지를 보탠다. '그리고 이병률이다. 말이 더뎌지는 순간이야말로 그 마음의 리듬이 시작되는 시간이다' 라고.